KB120000

시가 있는 아침

________________ 님께

소중한 마음을 담아 드립니다.

20 . . .

________________ 드림

시가 있는 아침

초판 1쇄 발행 2018년 1월 11일

지은이 정기용, 이미자 외 34인 · **엮은이** 이채 · **발행인** 권선복 · **편집** 천훈민 · **디자인** 김소영
마케팅 권보송 · **발행처** 도서출판 행복에너지 · **출판등록** 제315-2011-000035호
주소 (157-010) 서울특별시 강서구 화곡로 232 · **전화** 0505-613-6133 · **팩스** 0303-0799-1560 ·
홈페이지 www.happybook.or.kr · **이메일** ksbdata@daum.net

값 15,000원

ISBN 979-11-5602-565-8 (03810)

36인이 노래하는 '서정의 향연' 3집

시가 있는 아침

정기용, 이미자 외 34인 · 시인 이채 엮음

도서출판 행복에너지

이채

1961년 경북 울진 출생
동국대 대학원 법학 박사
한국 청소년 문화예술협회 이사
영주 시립병원 법률고문
인애가 한방병원 법률고문
한국 패션협회 특별위원
스포츠연예신문 객원기자
스포츠연예신문 예술인상 수상
세계문인협회 2006 공로상 수상
국제문화예술친선회 2007 예술인상 수상
한국농촌문학 2007 우수상 수상
세계문학상 대상 수상
한국예총회장상 2008 대상 수상
독서문화대상 수상 (2010)
노천명문학상 대상수상(제6회 수필부문)
조지훈문학상 대상수상(제3회 시부문)
도전 한국인상 수상 (2016)

출간 시집

『중년의 당신, 어디쯤 서 있는가』
『마음이 아름다우니 세상이 아름다워라』(문화공보부 우수도서 선정)
『중년의 고백』 등 다수

축시

풀잎 스친 바람에도 행복하라

– 이채

정직하면 손해 보고
착하면 무시당하는 것이
세상인심이 아니던가
그럼에도 정직하라

뿌린다고 다 열매가 아니듯
열심히 산다고
반드시 잘 사는 것도 아닐 테니
이 또한 세상살이가 아니던가
그럼에도 감사하라

이채

사랑은 흔해도 진실은 드물고
사람은 많아도 가슴이 없을 때
산다는 건 얼마나 고독한 일인가
그럼에도 사랑하라

살아온 날은 고단하고
살아갈 날은 아득해도
사람아, 그럼에도 사람아
풀잎 스친 바람에도 행복하라

행복을 부르는 주문

– 권선복

이 땅에 내가 태어난 것도
당신을 만나게 된 것도
참으로 귀한 인연입니다

우리의 삶 모든 것은
마법보다 신기합니다
주문을 외워보세요

나는 행복하다고
정말로 행복하다고
스스로에게 마법을 걸어보세요

정유년 한 해를 보내고
무술년 새날이 옵니다
새날은 새 희망으로 행복합니다

2018년 무술년
더더욱 힘찬 행복 에너지
전파하는 삶 만들어 나가요

권선복
도서출판 행복에너지 대표이사

· 목차 ·

가슴만 타는 밤

– 정기용

달을 보면
그대
보고 싶을까 봐

별을 보면
그대
그리울까 봐

밤하늘을
바라보지 못하고
가슴만 태운다
오늘 밤도

정기용
1961년 경북 김천 출생
부산시 명지동 거주

정기용

접시꽃

- 정기용

꾸불꾸불
길모퉁이에
외롭게 피어 있는
접시꽃 하나

찾아오는 이
아무도 없는데
무얼 그리도 좋은지

속살까지 드러내놓고
환하게 웃고 있어
나도 웃어 본다

바보같이
기분이 좋다

가을 하늘

– 정기용

가을 하늘
제아무리 높다 한들
그대 향한
내 그리움만 하리

가을 하늘
제아무리 푸르다 한들
그대 향한
멍든 내 가슴만 하리

가을 하늘
제아무리 아름답다 한들
그대 향한
내 사랑만 하리

가을 하늘
참 파랗고 아름답구나
나를 향한 그대 마음처럼

인향만리

- 정기용

말로도 다 못 할
내 그리움
만 리를 가는 듯

언제쯤
그대에게 전해질는지
바람아 불어라

아쉬움

– 정기용

그대가 보고 싶어
가고 싶은데 갈 수 없는 나

그대를 그리워하면서도
가지 못하는 나

날개가 없음을 탓할 뿐이네

미소 천사

– 이미자

우주를 가득 담아도
함박웃음만 할까
해맑은 미소의 눈웃음
넌 어디서 왔길래 할미 미소 훔쳐 갔니

우리 가족 삶의 활력소
준이 미소와 재롱에
우린 넋 놓고 바보가 된단다
하늘이 주신 고귀한 선물

햇살 가득 품은 보배로운
웃음꽃
억만금을 준다 한들
네 웃음만 할까…….

가을이 간다

– 이미자

툭 툭 톡
심장을 도려내는 소리
아, 그렇게 아름답던 계절도
낙엽과 함께 요동치며

아스락 아스락
삶을 마감하는구나
마치 내 영혼이 살아
혼신의 힘을 다하듯

신음하는 소리
아스락
아스락
툭 툭 툭

이미자
1959년 경기 출생
경기 일산 거주

나무꾼

– 이미자

곤히 잠든 그대
바라보고 있노라니
삶의 무게가 안쓰러워
가슴이 아려오네

가장이라는 책임으로
평생 긴 끈을
삶의 노예처럼 쉼 없이
달려온 그대

그렇게 호탕하고
기백 있던 패기는
아픔이 지나간 자리에
상처로 얼룩진 것처럼

숙연함에 중년이라는
멀고도 험한 긴 터널을
달려왔기에

그대가 이뤄 놓은 행복

아늑한 보금자리

존경합니다

그대 사랑합니다

억새

– 이미자

은빛으로 반짝이는
가을 들녘은
긴 머리 축제

살랑살랑 부는
바람결에
머리 풀어 헤치고

가을 손님 기다리네…….

지난 후회

– 이미자

미움이 불씨 되어
내 귓전에 아른거릴 때
무심코 던진 말

내가 왜 그랬을까
돌아서 후회할 것을
이미 돌이킬 수 없는 자괴감

시간이 지난 후에
깨달음
작았던 소심한 마음

풍선처럼 부푼 뒤
바람 빠지듯
내가 왜 그랬을까…….

의자

- 고금희

내 안에 그대가 들어와 있어
내 옆에 빈자리가 생긴 걸까

내 안에 그대를 밀어내도
내 옆에 의자는 비어 있다.

정거장의 의자는
앉으면 주인이 된다지만
내 옆에 의자는
불어오는 바람만
하늘만 아는 흔적을 두고 간다

여름내
파도가 품었던 몽돌마저
가을맞이를 하는 시간

차라리
내 안에 그대가 있어
비어 있는 의자라면 좋겠다

고금희

고백

- 고금희

이 가을에
누군가를 기다린다는 것이
누군가를 볼 수 있다는 것이
얼마나 설레게 하는지

그런 하루가
왜 이렇게 긴 것인지

단풍으로 물드는 그대 생각에
꺼내보지도 않고 묻어둔
하얀 고백을 하기 위하여

이 가을에
그네 타듯 바람 속을
걸어갑니다

고금희
1965년 제주 서귀포 출생
제주 서귀포 거주

비밀번호

– 고금희

나만의 무지개를 그려 넣고
홀로그램 같은 세상을 꿈꾼다

기억해야 이겨내는
치열한 틀 안에서
끝없이 달려가는 세상을 본다

울타리를 두르고
성을 쌓아도
그 안에 서 있는 건
외로운 나만의 세상일 뿐

잊는다고 잊히면
죄인이 되고
타인이 되는
그 비밀의 숲에서

우리는

몇 번이고 나만의 덫을 놓으며

기억의 한계에 부딪힌다

그날

- 고금희

나의
아름다운 사람이
사랑하던 사람이
보고픈 사람이
그리운 사람이

숨바꼭질하다 삐친 아이가
온다
간다
말없이
떠나버린 그날처럼

갑자기 내리던 소나기는
심한 성장통을 앓았고

술래가 되어버린 우리에게
엄지 손끝에 힘주어야 푸는
숙제를 남겨 놨다

해바라기

- 고금희

연습 없이도 되는 줄 알았다
구름이 끼고
비가 내리기 전까지는
그리움을 견딘다는 게

기다리면 되는 줄 알았다
찬 바람이 불어오기 전까지는
내가 혼자라는 게

그러다
알고 말았다

해바라기 같은 너의 심장이
시계추보다 더 흔들린다는 것을
언제나
너만을
훔쳐보고 있다는 것을

그 길을 걷고 싶다

- 곽순화

복사꽃 꽃비 되어 휘날리는 날
당신과 그 길을 걷고 싶다
지난날의 추억은 없지만
첫사랑으로 만나 그 길을 걷고 싶다
너 하나 나 하나
복사꽃 꽃잎 연지 곤지 붙이고
두 손 꼭 잡고 앞으로 나가며
꿈속이 아닌 현실이 되어
그 길을 걷고 싶다

여름꽃

- 곽순화

활화산 같은 정렬의 더위
내 머리 위에 얹어두고
밤새 솟구치는
지열에 땀방울은 소나기 되어
흘러내리고
건물마다 사람마다
나뭇가지 끝에 매달려
지칠 줄 모르는 매미 울음처럼
피어도 지지 않는
삼복의 꽃

곽순화
1961년 충남 아산 출생
경기 성남 거주

내 고향

– 곽순화

내 고향은 드넓은 들판뿐이다
산과 강 바다는 상상일 뿐
백여 가구에 아기자기 예쁜 동네
사시사철 멋들어진 풍경
철마다 유년의 그리움으로
도배한 그리운 내 고향
추억도 주저리마다 가득 달렸지
커다란 운동장의
만국기 펄럭이는 내 고향
그립다. 그리워라
동심의 내 고향
그리움이여!

가뭄

- 곽순화

임은 오시지 않는다
기다리다 지쳐
눈물마저 바닥이 났다
거북이도 등가죽 드러낸 채
기우뚱. 잔걸음으로
마지막 남은 습기를 찾아
헛기침을 하며
메마른 가슴은 불타고
모래바람만 씽씽 날아온다

절망과 희망

– 곽순화

봄·여름
사철은 절망도 없이
윤회 따라 움직인다
어느 날 불쑥 찾아온 그 녀석
하늘이 무너지고
가슴이 터질 듯한 충격
암이란 병명만 들어도 죽을 것 같은
두려움과 공포 무상무념
아련히 뒤를 돌아본다
만감이 교차하며 머릿속이 하얗다
자책하며 오열하던 내 남편
아들딸과 꼭 잡은 뜨거운 손
가족들 사랑의 힘에 용기가 난다
극복할 수 있다는 자신감이 넘친다
이제는 하나둘 내려놓으며
비우는 삶을 살아가련다
내 삶에 운명인 것을
작은 희망으로 무지개 꿈을

꾸며 살아가리라

내 삶은 소중하니까

내게로 와준 그대

- 권경임

어느 날 문득
나에게 나타나 준 그대
나를 사랑해 줘서 고마워요

예쁘지도 않은 나를
공주처럼 아껴 주고
사랑해 준 그대
나를 미소 짓게 해 주네요

이것이 행복일까요
생각만 하여도 힘이 되는
당신이 고맙기만 해요

날마다 나에게 사랑으로
행복을 주는 그대
당신과 함께라서 기뻐요

권경임

힘들 때
내 눈물 씻어주며
용기를 주는 그대를
사랑해요

우리 하늘이 부르는
그날까지 함께해요
참 좋은 당신
나에게로 와 주어서 고마워요

권경임
1966년 경기 연천 출생
서울 강서구 거주

어느덧 오십 바다

- 권경임

유년 시절에는
귀찮기도 했고
사춘기 시절에는
반항을 일삼기도 했지만

중년이 되어서야
나의 마음을 조금은
알 것 같았다

어머니의 소리를
자장가로 들었던 나였지만
이제야 나지막한
어머니의 소리가
그립기만 하구나

오십 바다 앞에
깨달음의 진실을

조금은 틈을 주자

- 권경임

다 알고 있다고 나서지 말자
많은 것을 다 가졌다고 뽐내지 말자
높은 곳에 있다고 자랑도 하지 말자
언젠가는 자리의 다툼도 치열해지니까

조금은 모르면 어떠리
바보가 되면 되지
조금은 덜 가지면 어떠리
넘치면 힘이 들고 부족하면 노력하면 되지

상처 받았다고 아파하지도 말자
나를 돌아보는 기회가 되니까
조금은 천천히 더디 가면 어떠하리
어차피 내가 가야 할 길인데

조금은 틈을 주자
가야 할 길이
아직 나에게는 많이 남았으니…….

당신은 시린 사랑

– 권경임

사랑하면 좋으련만
그대는 떠나려 하네요

내 마음에
향기만을 남겨둔 채
자꾸만 가려고 하네요

사랑하지만
이젠 그대를 보내겠어요
그대 마음 편하다면

그곳에 머무는
발걸음이 평안하다면
그것으로 만족하렵니다

언제이던가
간직했던 우리의 추억
곱게 곱게 적어 꼬깃꼬깃 접어서
저 하늘에 날려 볼래요

우리의 사랑이
이어지기를
간절히 바라면서

나 보고 싶을 때
살짝 오세요
그대 마중 나가렵니다

나만의 위로

- 권경임

그냥 흘러가는 대로 가고 싶다
계획을 하고 틀에 박힌 인생이 아닌
마음 가는 대로 발길이 머무는 곳에서
그냥 그렇게 살고 싶다

한 발 두 발 나서다 보면
언젠가는 나만의 위로송도 들을 듯
험한 산도 잘 넘어왔으니
자신을 향하여 건배를 들자

콧노래도 흥얼거리며
나 자신에게 위로도 하며
내일에 승부를 걸어 보자
멋진 인생이 될 거야

우리가 살아가는 이유

- 권유라

현재가 있고
기대하는 내일이 있어서
살아간다

내 주변에
좋은 사람이 있고
함께 기쁨을 나누고

사명이 소명되고
책임감이 느껴지고
뜨거움으로 벅차오른다

뜻을 같이한다는 것은
희망의 시작
큰 꿈으로 나아가고 있다

권유라
1963년 경북 영양 출생
서귀포 거주

어머니!

– 권유라

어머니!
그 이름 부르면 가슴 먹먹해지는
나의 어머니
열일곱에 시집와서
지금껏 어머니로
살아오신 당신은
나의 어머니

굴곡진 세월을
뒤로한 채
지금까지 건강히 살아주셔서
감사한 나의 어머니

아름다운 자연과도
같은 어머니
이제야 어머니를
내 온 마음으로
느껴봅니다

열 손가락 깨물어
안 아픈 손가락 없다지만
이 자식들은
어머니의 그 마음에
한없이 못 미친다는 것을
이제야 알아갑니다

어머니!
당신의 그 크신 사랑
어찌 헤아릴 수가
있을까요
바다, 하늘 다 더해도
당신 사랑만 할까요…….

믿음

- 권유라

믿음이 있어야
행복을 유지할 수 있다

그대보다 더 소중한 것이 또 있으랴마는

모든 것에는 뜻이 있다고
삶에서 배운다

먼 훗날 입가에 웃음 가득 머금고
지금을 추억하리라
오늘을 노래하리라

믿음이 하나가 되어
순수한 사랑으로
사랑이 내 마음에 꽃이 되어
향기 나는 삶이 되고 싶어라

병상에서

- 권유라

그대는 혼자다
모두 다 함께하는 거 같지만
결국 혼자다

외롭다고 서러워 말자

이 세상에 올 때도 혼자 왔고
이 세상을 떠날 때도 혼자다
서러워 말자
그것이 인생이다

참 좋다!

- 권유라

피부에 와 닿는 바람이 좋고
은은히 비치는 불빛이 좋다

편안히 걷는 이 길이 참 좋다

평온한 이 마음이 좋고
이 고요함이 참 좋다

새들도 자는 시간
바다도 쉬는 시간
해님도 쉬는 시간이라 좋다

그대는
고요함이랑 친구 되어
그대 안에
그대와 놀고 있다

다들 무엇이 그리 바쁜지

이리 좋은걸
이렇게 행복한데
세상이 온통 나의 것

달님도 친구 되고
별님은 숨었는지 안 보이네

바람이 친구 되어
파도가 조용히 응답하네

어둠은 더 짙어지고
세상의 소리는 옅어지고
기쁨과 평화 감사로
충만한 이 시간이 참 좋다

가슴에 묻어둔 고향

- 금동건

연한 오방색이
하늘에서 내려와
고향 언덕에 앉아
유년의 그리움
사무치게 하고
신작로 코스모스길
걸어오는 첫사랑
무지갯빛 고향 속
여름날의 소나기
원두막 그늘 참외서리
열두 살에 두고 온
흑백의 고향사진
눈앞을 지나가는
신기루 현상 그 느낌
아마 잊지 못한
고향의 그리움이 아닐까?

앵두는 익어 가는데

- 금동건

그대 어디에 숨었나요
만삭의
앵두는
산통을 겪는데
기다리는 당신은 오지 않으니
앵두색 립스틱
짙게 바르고
그곳에서 기다리겠습니다

금동건
1961년 경북 안동 출생
경남 김해 거주

미화원

– 금동건

그 길을 걷는다
바스락 소리는 음악이 되고
쓰레받기는 묵직한 쌀가마
빗자루는 돈을 모으는 천사
이마에 구슬땀
홍건히 모자 사이 삐져나오고
조용한 밤거리는
그것을 아는지
내 갈 길을 내어준다.

환경미화원 금동건

- 금동건

세상에 하고많은 직업이
존재하건만
하필이면 환경미화원을
선택하였을까
부도 명예도 없는 밑바닥
인생길을 선택하였을까

나도 한때는 잘나가는 대로형
순탄대로 달리던 중 엔진 고장
잃어버린 건강 절망 죽음의 기로에 건강회복 젖소목장
중략…….
입사 10년 차 만족 자랑스럽다
토해낸 찌꺼기를 밟고 다녀도
치우는 것 당연한 일
행여 지나가던 시민
아저씨 수고하세요란 말
귓전에 들려올 때면 그날은
백 배 천 배 일하고 싶은 심정
쓰레기야 와라 내가 간다

엄마의 눈물

- 금동건

찔레꽃 향기도 나고
찔레꽃처럼 화사하시던 엄마
눈가에는 하얀 이슬이 매달려
고된 삶의 흔적과 병마에 약한
자신의 한탄스러움 때문인지
곡기를 넣을 기력조차 없음에
삶의 마지막 끝이 어딘가를
짐작이나 한 것인지
엄마의 눈가에는 늘 눈물이 고인다

앵두

– 금명옥

송알송알 탐스럽게
올망졸망 사이좋게
탱글탱글 귀엽게
앵두가 빨갛게
익어 갈 때면
친정집 뒤뜰에
큰 앵두나무가 생각난다

봄이 오면
유일한 간식이었던 앵두
설익은 파란 앵두를 따 먹던
철부지 소녀도 익어 가니
그 시절이 그립고
세월 속에 묻혀버린
앵두나무도 그립다.

금명옥
1959년 경북 안동 출생
대구 달서구 거주

비

– 금명옥

온 산하가 곱게 물든
예쁜 가을에
가을비가
예쁘게도 내리네요

빗소리에 깜짝 놀라
예쁜 단풍 떨어질세라
조심조심
누가 누가 볼세라
살금살금
엊그제 시집온
새색시 마냥
곱게도 내리네요

비는
옛 추억도
옛사랑도
옛 친구도
모두 모두 생각나고
모두 모두
그립게 해서
비가 오면 그냥 좋아요

그런데
그런데
오늘 비는 슬픈 비
불쌍한 우리 어머니
보고 싶고 생각나서
울고 또 울었던
내 눈물인 것 같아
너무 슬퍼요

접시꽃을 보며

– 금명옥

접시꽃 홀씨 되어
어디서 솔바람 타고 와
커피집 출입문 옆
블록 틈 사이에
피어난 접시꽃

홀로 우뚝 서
외로울까 봐
벌 나비가 날아와
친구 해주고
한낮 더위에 지칠까 봐
고마운 바람이 불어주니
접시꽃 부끄러워
얼굴이 발갛게 물이
들었네

예쁘라
신기해라
오고 가는 행인들
눈 맞추며 놀아 주니
외롭지는 않겠네

너를 보는
나도
출근길이 즐겁고
퇴근길이 행복하다.

홍찔레가 지는데

– 금명옥

귀하디귀한
홍찔레가 피워
내민 얼굴에
우리 어머니 보인다

나비가 찾아와
놀다 갔고
벌들이 날아와
화분 가루 훔쳐가
홀쭉해진
홍찔레 볼살
우리 어머니 볼살 같아라

홍찔레가 피고 지고
떨어지는 잎을
노을이 밟고 가듯
홍찔레같이
곱던 우리 어머니

야속한 세월 앞에
모든 것 내려놓고
노을 되어 아슬아슬

이 세상에
오직 한 송이뿐
제일로 예쁜
우리 어머니 꽃
내 가슴에 피었다가
한 잎 두 잎 지는 모습
속내 하는 여식 가슴은
천 갈래 만 갈래

우리 어머니
천상에 꽃 되면
나 어떡해

목단꽃 연가

- 금명옥

사월의 어느 봄날
교정 동산에
탐스럽게 핀 목단꽃
우릴 기다린 듯
환하게 웃고 있었지
우리 두 마음
목단꽃은 알았을까

내가 너를
알기도 하고
모르기도 하고
네가 나를
알기도 하고
모르기도 하고
우린 아직
모르는 부분이
너무 많은가 봐

서리 내린 중년에도

이 생각 저 생각에

그만

목단꽃에 숨겨 버린

내 마음

네 마음

알았어도 몰랐어도

먼 훗날 돌아보면

아마도

사랑일 거야

더도 말고 지금처럼

– 김경옥

가을아 난 너만 보면
마음이 풍요롭고
세상을 다 얻은 것 같아

낙엽아 난 너만 보면
왠지 마음이 서글퍼져
어디론가 떠나고 싶어

가을아 우리 그냥
이대로 멈추면 안 될까
은은한 색깔 다양한 모습
바라볼 수 있잖아

낙엽아 우리 사랑 이쯤이
좋아 너무 짙게 익으면
빨리 헤어져 아쉽잖아

호수 안의 수채화

- 김경옥

호수에 물감을 뿌린
그대는 누구신가요

아름다운 강산에 어우러진
봄꽃들 호수에 빠져
봄놀이하는 날

연분홍 진달래 쑥스러워
고개 숙이고 초록이들
신나게 장기 자랑해
천하가 부럽지 않네

호수에 물감을 탄 그대는
바로 봄님이었군요

김경옥
1958년 충북 청주 출생
경기 수원 거주

꿈 먹는 무지개

– 김경옥

비가 그친 후 무지개를
볼 수 있다 하셨죠
네 맞습니다

전 항상 마음속에
일곱 색깔 무지개가 떠
활짝 웃고 있답니다

오묘한 색깔로 설레게
생동감 넘치는 모습
천금을 줘도 구할 수 없는 약
얼굴 나이테 없애 주는 약

소중한 일곱 꿈 복덩이들
사랑 먹고 꿈 먹는 가을 여인
난 황금빛 들판지기
추수하는 농부 마음이어라

라일락꽃 그늘

- 김경옥

따스한 봄 햇살에
얼굴을 묻고 들길을
걸어봅니다

살랑살랑 부는 봄바람
춤추는 연둣빛 여린 잎
수줍게 손짓하며 자리를
내어주는 날

하얀 라일락꽃 향기가
마음을 흔들어 놓고
당신을 그립게 합니다

내 안의 그대에게 라일락
꽃향기 흠뻑 전송하라
신호를 보냅니다

감 바라기

- 김경옥

찬 서리 맞은 감나무
나뭇가지 끝 홍시
인내라는 두 글자 새겨놓고
육신은 녹아 낙하할지언정
스릴 넘치는 묘기 아슬아슬
대담하게 그네를 탄다
바람아 바람아 진정해

김규원

병산서원

- 김규원

학동들의 또랑또랑한 글 읽는 소리
만루대를 한 번 울리고
낙동강 물에 섞여서 흘러가고

교각 앞 정료대는
뜨거운 여름날
허수아비처럼 홀로 섰고

꽃 대궐 된 병산서원의 배롱나무는
멋쟁이 여인의 선홍색 입술처럼
화사하고 멋스럽다

글 읽던 학동들은 다 어디 가고
집 짓기에 바쁜 참새들이
주인 노릇을 한다

김규원
1964년 부산 출생
부산 주례동 거주

키스 타임

- 김규원

뜨거운 응원 소리가
돌림노래처럼 메아리치는
사직구장

치어리더들의 힘 있는 율동에
나도 들썩들썩 흥겨워
그 축제를 즐기며
시선이 절로 한 곳으로 간다
타석

타자와 투수가
팽팽한 줄다리기를 하고
축소된 인생 게임 중이다

선수와 관중은
같이 때론 각각의 숙제를 풀어내고
한참을 열중하였다

잠시 막간

마이크로 누군가를 호명하며

야구장 전광판에 얼굴이 비치며

관중들이 외쳐댄다

키스해

키스해

키스해

아뿔싸

그 키스해 주인공이 된

치명적으로

멋진 날

꽃무릇 길

- 김규원

간밤에 흩뿌린 비
고운 얼굴 더 곱고 화사하게
씻기우고

해풍은 스미듯 불어와
불갑산 자락 자락에 은총 내리듯
꽃 천지 만드시니

꽃길 그 길은
산신각 담장 너머 핀 맨드라미를
부끄럽게 하고

꽃무릇은
서로를 알지 못한 채
먼 그리움으로 허공에 헛손짓할 뿐

그리움은 홀씨 되어
온 산이 꽃 천지가 되어
붉디붉게 수놓고

나를 만난 임들은
행복해야 한다고
온몸으로 발원하다

양귀비꽃

- 김규원

꽃 천지에 가면
기분이 좋아져서
천진한 아이처럼
여기저기를
기웃기웃거리게 된다

그는
내 사진을 찍으며
여기 양귀비꽃이 있었네 한다
나는
어디 어디 양귀비가 있지 하면
그는 웃는다

주름지고
머리 세져도
언제나
나는 그에게
양귀비꽃이 되고 싶다

월영교

- 김규원

안동호 넉넉한 품에
천공의 달이 녹아나면
잔물결에도 설레는구나

그리움으로 지샌 밤
머리카락 한 올 한 올로 미투리 삼던
그녀의 섬섬옥수가 서럽구나

먼저 하늘로 날아간 낭군님
고운 사람 잊지 못해
다달이 월영교에 다녀가시듯

월영 교각에서 사랑을 만나
달이 어리는 술잔을
합환주로 해후하노라

인연

– 김기선

전생에 우리
만난 적 있나요
수많은 사람 속에
왜 하필 당신과 나
그리고 우리일까요

수억 겁 시간 속
스치고 스쳐 지나갔을
그 많은 사람 속에
옷깃이라도 살짝 스쳤기에
만났을 테지요

김기선

우연이든 필연이든
알 수는 없지만
어차피 시작된 소중한 인연
아름답게 이어 가려 하니
너무 걱정하지 마세요

영원히 함께한다는
약속은 드릴 수 없지만
인연으로 함께 머무는 동안

행복은 드릴 수 있고
내 사랑도 드릴 수 있어요
당신과 나 우린
소중한 인연이니까요

김기선
1964년 서울 출생
경기 수원 거주

중년의 사랑이란

- 김기선

어느 날 문득
편협함에 익숙해진 고독이
무지갯빛으로 온몸을 휘감을 때

외로움에 허우적거리던
중년의 가슴에 물보라처럼
사랑이 피어오른다

바람에 흔들리는 나뭇잎
바람이 전하는 아름다운 꽃향기
중년의 애달픈 마음

그리움의 불씨는
풀무질만 하염없이 해대며
공허한 마음만 들게 하는데

약속과 책임이라는
무거운 짐을 짊어지고
묵묵히 살아가는 중년의 삶

중년의 사랑이란
고달픈 삶에 잠시 방황하는
아름답고 순수한
가슴 뛰는 작은 설렘이란 걸

연꽃

- 김기선

비록 더러운 흙탕물에
몸을 담그고 살지언정
청결하고 우아함을 지키려는 넌
고결하고 아름다운 꽃이어라

고달프고 험난한 삶 속에서도
맑고 순박한 모습으로
고풍스런 꽃 빛깔 그윽한 향기는
세속을 초월한 깨달음의 경지에 오른
부처님의 온화한 미소를 떠올리게 하네

신비한 경외감
고상한 기품
고인 썩은 물에 있어도 물들지 않고
맑은 본성 고운 향기를 지닌
깨끗한 세상을 바라는 순결의 꽃

아름답고 화려하게 필 때
겸손하게 물러남을 아는 넌
모든 이기심을 내려놓고 비우며
이웃을 사랑하려 애쓰는
군자의 성품을 닮았나 보다

새소리

- 김기선

잊을 만하면
한 번씩 찾아와
시끄러운 울음으로
날 깨우는 너
왜 자꾸 찾아오는 걸까

내게 무슨 할 말이라도 있는 걸까
요즘 들어 어리석은 애욕과
탐욕에 빠져 균형 잃은
삶을 사는 내게
충고라도 해주려는 걸까

세상이 휘청거린다
풍요로운 삶 속에 교만해진 우리는
인간성을 상실한 채
끝없는 욕심에 쇠약해져 가고

움켜쥐려 발버둥 치고
손아귀에 잔뜩 쥐어 봤자
수의 하나 걸치고
빈손으로 떠나갈 몸

차가워진 세상은
내면의 외로움보다
웃고 있는 겉모습만 바라보며
오류와 진실로 가는 길목에서
흔들림 없이 피어나는 꽃이길 바란다

계절의 뒤안길에 서서

- 김기선

가물었던 대지에
단비가 내리듯
창문을 열고 있노라면
어느새 가을이 슬며시
나의 내실로 들어선다

나날이 분주하고
어지러워지는 현실 속에
난 오늘도 얼마만큼의
참다운 삶을 살았을까

아무런 이유 없이
누군가를 미워하고
탓하지는 않았는지

허황한 꿈을 꾸며
내 인생의 보상 없음을
원망하며 사는 건 아닌지
돌아보게 되는 시간

김민혜

산사의 봄

- 김민혜

산사에는 법향기 가득하고
향 내음 꽃바람 타고
산사에 머문다

어느 임의 넋을 기원하는지
스님의 목탁소리도
바람결에 날아와

벚꽃 잎에 앉고
구천을 떠도는 영혼을
위로하며
산사는 봄 향기로 가득하다

김민혜
1962년 충북 괴산 출생
남양주 마석 거주

찔레꽃 닮은 엄마

- 김민혜

하얀 달빛 아래
환한 웃음 짓는 찔레꽃
무명치마 저고리 차려 입고
웃으시던 엄마 닮았네

초가삼간
서러운 시집살이
눈물 훔치던
엄마 닮은 찔레꽃

찔레꽃 필 때면
엄마가 더 그리워지는 밤
젖 한 통 더 먹여주시고 가시지
무엇이 그리 급해서
찔레꽃 따라 가셨나요

올해도 찔레꽃이 피고 져도
엄마는 오시질 않네요
찔레꽃 닮은 우리 엄마

엄마의 아욱 된장

이른 아침 이슬
풀잎에 앉아 은구슬 옥구슬
햇살에 빛나는 텃밭
울 엄마 마음보다 더
커다란 잎새
춤을 추며 엄마를 기다린다

푸른 아욱 잎을 쓱쓱 썰어
된장국 끓여주시던 엄마
올해도 한가득 피어
내가 끓여 보았지만
엄마의 손맛이 아닌
딸애의 허울뿐
엄마의 손맛은
이제는 영영 볼 수가 없네

내 사랑 그대에게

– 감민혜

그대 위해
한 송이 꽃으로 피어
그대 가는 길목에
뿌려 드릴게요

그대 위해 카나리아
새가 되어
고운 노래 불러 드릴게요
마음에 꽃불 밝히고
기다릴게요
내 사랑 그대여

국화꽃 향기로

- 김민혜

가을이 곱게 익어
내 마음 유혹한다
빨간 단풍은
한순간 내 마음
사로잡지만

나는 국화꽃이 되어
언제나 당신 곁에
머물며 고운 향
매일 나누어주고 싶다

엄마였기에

\- 김성례

내 나이 마흔 되던 해
이슬처럼 사라져버린 그대
하늘도 슬피 울었네

홀로 남은 여인의 길
타는 가슴 숯검정 되어버렸네

어린 삼 남매
아빠 없는 빈자리 그 누가
채워줄까

십 년 흐르고
또 십 년
내 나이 벌써 육십
먹먹해지는 가슴이네

청춘의 고운 꿈 지나간 흔적 앞에
젊음의 반으로 접어버린 세월아

김성례

엄마였기에

그렇게 살아야 했네

그렇게…….

김성례
1954년 전남 여수 출생
세종시 종촌동 거주

그대 낙엽송

- 김성례

가을 사랑이여
가슴 뜨거워지는 시인의 노래
온 마음 고운 빛깔로 가득 메우고

앙상한 가지 위에 낙엽 되어
비바람에 얽힌 낙엽송 그대
너의 모습 애잔하구나

하얀 꽃송이 방울방울 내려와
낙엽송 아름다워라

그대 낙엽송 눈꽃 바람 스친다

내 나이 어디쯤인가

- 김성례

아름다운 내 나이 어디쯤인가
꽃 마음 노을 되어 흘러가네

그대 인생 육십부터 꽃피는 절기
자녀들 시집 장가 출가시키고

나 자신 돌아볼 수 있는 중년의 꽃이여

흐르는 세월 속에서 알알이
지켜온 애달픈 사연들

행복의 꿈 지나간 사랑의 흔적
별 하나 구름 따라 흘러가네

안을 수 없는 그 사랑

- 김성례

바람 부는 언덕 위에 둘이서
헤이즐넛 커피 향기 한 모금

그 눈빛 마주하며 속삭이던 날
가까이 할 수 없는 안타까움에
마음 시려 와 떨고 있네요

그대 고운 향기 설렘 가득
사랑의 눈동자에 흔들리네

안을 수 없는 그 사람
하얀 물거품 되어 속삭이네

그대 마음 깊은 사랑 아프다

보도블록 홀씨 날아와

- 김성례

아파트 보도블록 틈새
홀씨 날아와 꽃을 피웠네

빼꼼히 얼굴 내밀어 웃는 민들레
지나가는 사람들 발길 멈추네

블록 틈새 앉아 있는 너의 모습
어느 여인 닮은 듯하구나

기나긴 세월 외로이 견디며
홀로 서성이며 누굴 기다리나

한 송이 눈물 꽃 애가 타네
한 송이 마음 꽃 나를 부른다

새벽길

- 김정자

시계 소리 울리면 깜짝
눈 뜨면 베란다 문을 열고
또 하루 시작

오늘은 또 무슨 일을 해야 할까
눈 뜨면 삶의 전쟁

반복되는 나의 하루
새벽길

새벽에 수목원 운동
또 하루

매미 소리
울긋불긋
향기로운 꽃 내음

김정자

꽃들이 많은 곳
어른들이 많은 곳
땀 흘린 미소

서로의 안부를 전하듯
여념 없이 미소 가득한 친구
행복한 하루

김정자
1965년 충남 출생
대구광역시 거주

백합

– 김정자

해마다 찾아오는 백합꽃
어느 날 시장에 나가
구경해 볼까

길거리에
뿌리도 없는 봉오리
베란다

흙에 심어볼까
심고 기다려 보니
새싹이 나고 힘없이 자라네

백합꽃 언제 필까
한 달을 기다려 보니
꽃이 피었네

꽃 하나도 인내로 기다림
신기하게도 너무 예쁘게
새싹이 나고 크게 자라

우리 가족들 매일 매일
웃음꽃 주는 백합꽃
꽃 하나의 행복

3년째 피어오르는 우리 집
백합꽃 천천히 지었으면
좋겠네 꽃향 가득 담아주는

백합
힘들고 지친 몸을 이끌어주네
꽃이 피고 지는 것은
꽃들의 마음이네

소나무

– 김정자

무척이나 설레어
향한 곳 산

신선한 공기
어찌 이리 산이 좋을까

중년이 되어서야
깨달음

항상 산이 좋을까
친구가 되어 버렸다

지친 내 마음을 위로해주는
산이 있어 행복하다
긍정의 마음 조용한 산

소나무처럼 변함없는
자연의 향기

솔방울이 멋지게 열려 있네
주렁주렁 보기 좋게
흔들림 없이 꿋꿋하게
서 있는 소나무

엄마

– 김정자

사랑으로 키우는 아들
조건 없이 다 주고 싶은 마음

그지없으라고 너희는 엄마의 마음
다는 모를 거야 너희들이 아프면
속으로 우는 게 엄마 마음이란다

지치고 힘들 때 아들 보면서
하루하루 지낸 세월 어찌 보면
참 행복한 엄마네 잘 참고

또 참고 잘 했다
엄마 스스로가 대견하다는 것
좋은 날만 있었겠는가

고비 세월이었구나! 아프지 말고
건강하고 행복하게 우리 살자꾸나
다행히도 다행히도 괜찮구나

참 감사합니다

사랑하는 엄마가

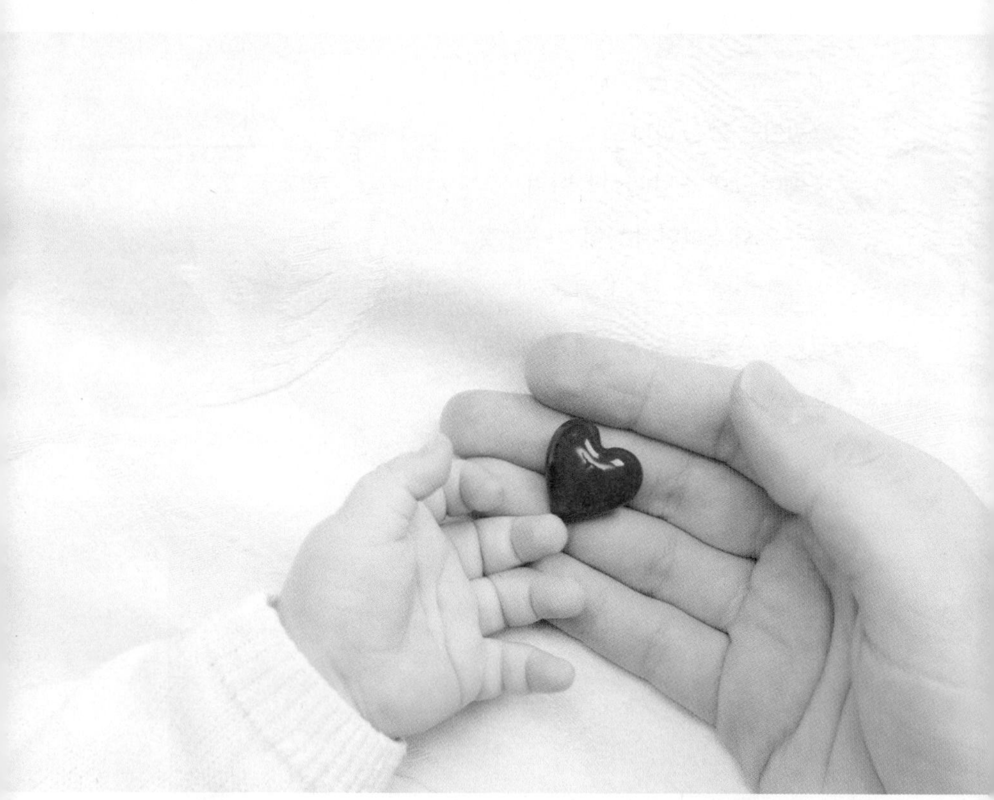

그리움

– 김정자

내가 그대를
그리워한다는 것이
비워내야 할 내 마음속

그립다는 마음 하나로
숨죽여 그대 눈빛 받아들이며
속마음 다스리면서 살아간다는 것

그리움은 늘 내 마음속에 깊이깊이
흐르는 물처럼 그리워하며 살자

김현자

사랑

- 김현자

분해되지 않는 시간이
벽을 넘어
저녁을 향해 달려가고
곡선의 긴 하루가 몸을 누인 초저녁
허기진 공간에
어둠의 입자들이
커튼처럼 쳐지고
불 밝힌 창마다 어리는 너의 모습
세월의 무게로도 채우지 못할
그리움의 밤
와 닿는 바람의 조각들이
미완의 사랑을 노래하면
가빠진 숨소리에
심장이 뛰고
빼근히 아려오는 가슴의 통증

김현자
1960년 전북 순창 출생
충남 천안 거주

새벽

- 김현자

달조차
기우는 새벽하늘
물안개 헤치고 달려온 길인가
엊저녁
바람으로 헤어졌던 그 밤이
등 하나 걸지 않는 밤길을
이슬 밟고 왔는가
발갛게
젖은 채 오늘이란 이름으로
떴다가는 저물고
저물었다 떠온다
사랑아
사람아
내일이란 희망으로 새벽을 품어다오

가을밤

– 김현자

서늘한 밤
창가에
그리움의 별이 뜨면
그윽하게
퍼지는 달빛 한 자락
어제 같은 청춘을 덮고
소리 없이 내리는 이슬에 밤이 젖는다
갈대처럼
비어버린
내 가슴에
구절초 꽃피우고
가을을 줍는다

눈이 내리면

- 김현자

오늘처럼 눈이 내리면
아련히 먼 그리움의 그댈 보듯
투명한 눈망울로
하염없이
하염없이
바라보는 것
마음속 쓸쓸함을 버리고
하얀 무게의 침묵으로
조금 남은 외로움을
오래오래 견뎌 보는 것

사랑

- 김현자

소리 없이 내리는
저 눈같이
사랑은 그렇게 오는 것
하얀 향기로
무채색의 꽃잎으로
하얗게 하얗게
고요가 쌓이고
흰 눈이 음악처럼 흐르던 날
운명처럼 만났던
하얀 눈망울의 어여쁜
님이여
오늘 나직한 음성으로
겨울나무 가지 끝 바람으로 오소서

내 사랑 낭군님께

- 김효숙

삶을 살아가면서
어찌 즐거움만 있을까

죽을 만큼 힘든 고비도 있었지만
희망의 끈을 놓지 않고
잘 참고 견디어준 낭군님
아주 고맙습니다

궂은 날이 있으면
맑은 날이 있듯이
지금 이 순간 행복을 추구하면서
삶을 살아가고 있지 않나 싶네요

검은머리 파뿌리 될 때까지
우리 알콩달콩 예쁘게 살아요
여보 사랑합니다

김효숙

다시 태어난다 해도
난 당신을 선택할 겁니다
늘 건강하세요
내 사랑 당신 사랑합니다

김효숙
1960년 전남 담양 출생
서울 은평구 거주

기적에 감사함을

- 김효숙

좋은 사람들과 산행길에
가파른 산을 오르다 보니
높은 산을 올라갈수록

웅장한 경치 절경과 배경에
감탄사가 절로 나오고
산이 주는 청량함에
내 발걸음의 무게는 가볍다

즐거움도 잠시
하산길에 온 세상이 멈추어버려
얼마나 춥고 무서웠는지

삶을 살면서 기적을 체험해 본 적 있는가
기적에 감사함을 느껴본 적 있는가
살아 있다는 것 자체가
눈물 나게 고마울 뿐이다

기적이 일어난 것이다
착한 자에게는 하늘이 외면하지 않고
기적 같은 인생이 주어진다는 것을
이번 산 경험으로 많은 걸 느끼고 체험했다

보고 싶은 얼굴

- 김효숙

구슬픈 가랑비의 울음소리에
내 마음은 어디로 가야 옳으냐
하염없이 궂은비는 내려오고

잊으려 해도
잊혀지지 않는 세월의 흐름 속에
보고 싶은 마음은 더해만 가는데
쓸쓸하기만 하는 이 한밤에
왜 이리 마음이 아플까

별빛과 같이 빛나던 두 눈동자
그리운 얼굴

돌아올 수 없는 당신이었기에
나는 잊어야 했고
기약도 없이 가버린 당신이었기에
나는 보고팠다

해가 뜨고 달이 가도

그리움만 쌓이네

중년에 인연 시가 있는 아침

- 김효숙

마음과 마음으로 전해지는
인생이 담긴 향기로운 삶 속에서
매일 아침 서로 안부를 묻고
새 아침을 열어 갑니다

개성과 삶에 흔적이 다르다 보니
중년의 나이에
인연을 맺어간다는 것은 쉽지 않은 일
그저 스쳐 지나가는 인연이 아니라

늘 함께하고 싶은 사람

늘 한결같은 사람

마음이 편한 사람

만날수록 정이 가고 보고 싶은 사람

잊혀지지 않는 향기로운 꽃

마음의 꽃

향긋한 꽃향기로 남기고 싶다

난 오늘도 행복을 추구하면서

향기 나는 꽃으로 거듭나고자 한다

꿈

– 김효숙

오늘이라는 하루가 내게 주어진 만큼
난 오늘도 꿈을 향해
힘찬 발걸음으로
오늘 하루를 열어갈까 한다

그 꿈이 이루어질지 모르겠지만
그래도 꿈을 꾸어 볼까 한다
허황된 꿈일지언정
꿈을 먹고 사는 자가 되고 싶다

꿈이 없으면 죽은 목숨과 같다
누군가를 위한 삶이 아니라
나 자신을 위해서
난 오늘도 꿈을 향해
내일을 열어 갈 것이다

나에게 주어진
삶에 감사함을 느낀다

꽃

- 나정집

꽃을 피우기 위해
그렇게도 많은 손님이 다녀갔다
비, 바람, 벌, 햇빛…….

꽃은 흔들려도 본질은 변하지 않는다
아름다움의 본질을…….

꽃의 사명은 꽃을 피워야 하는 것
그 꽃의 향기와 모습을 통해
수많은 대화를 나눈다

꽃은 오늘도 그 사명을 위해
우리 마음에 살아서
그 사랑과 향기를 전한다

나정집
1957년 충남 서천 출생
충남 보령 거주

시란 무엇인가

- 나정집

문학의 산실, 영화와 수필
그리고 우리의 삶과 인생

시는 쓰리 쿠션이다

얼굴

- 나정집

행복은 언제나 마음속에 있는 것

뇌는 생각을 얼굴로 표현해 준다
밝은 표정의 멋진 얼굴은
마음의 표현이다

얼굴은 얼과 혼이 통하는 동굴이다
그 동굴에 행복의 바람이 분다

아버지

– 나정집

게으르지 마라. 부지런하여라
항상 자식 잘되길 기도하신 아버지

밥은 먹고 다니냐고
모든 것을 함축한 한마디로
자식 걱정해 주시던 아버지

신앙생활 잘하고 살아 있을 때
한 번이라도 더 찾아오라시던 아버지

이제는 하늘나라에서 자식 잘되길
기도해 주시는 아버지

보고 싶습니다
그립습니다
사랑합니다

웃음

– 나정집

웃음은 생명이다
웃음은 사랑이다
웃음은 신의 선물이다

웃음은 생명이다
나를 살리는 원동력

웃음은 사랑이다
내가 살아가는 이유

웃음은 신의 선물이다
신이 준 최고의 웃음이
내 몸을 살린다

북설악

– 남광현

해무를 걷어내며 거대한 항모 스톤울산호는 공해상에서
미시령EEZ 근거리에 정박한 채
기항 신선대를 향하여
일인장락 수행으로 수만 년을 조심스레 항해를 하고 있다

호위잠수함 권금성호는 후미에서 잠망경을 높게 올린 채 입정하며
쏘나로 화암사 경내의 염불소리를 경청한다

영랑호의 상공은 조기경보기 솔개호가 시시 일일 년년 겁겁의 세월 아수라를 참회하고
신선대 안쪽 진영에선 수바위를 중심으로 공양 준비에 다들 바쁘다

널따란 신선대의 기도도량
무당개구리 몇몇도
한겨울을 고행으로 간신히 넘기고
뜨거워져 가는 입하의 참호에서
구름이 잠시 흘린 눈물들을 모아
달구어지는 여름 장엄적멸을 받아들이고

남광현

무행공신 우울한 잔흔의 나는 발심조차 못 하는 애명압조
멀리 강원 이북 금강산 해금강의 반도를 향하는
무지인의 절름발이 인생은 잠도사문이구나

남광현
1961년 경기 부천 출생
강원 원주 거주

가을의 회귀

– 남광현

한가위 달그림자를 따라 따라오는 이가 있다
매년 사랑이 그리워 보름이 가까워질 때마다 상사병처럼 으레 그러려는지
몽유병처럼 무의식중에 도지는지 자신도 모르는지 습관처럼 움직여진다

명절 전야엔 일상을 뒤로하고 안개 속에 숨어 있는 앨범을 넘기며 숲으로 들어간다
그 시기 즈음 햇살은 일 년 동안 머금은 여름의 빛을 토해낸다

그리곤 치악산 상원사를 오른다
계곡물에 비껴 치는 햇살이 어여쁘다
한가위 가까이 늘 냉기가 도는 계곡의 공기 또한 내면의 열과 잘 조화가 되어 희열이 달아오른다

문득 문득

몇 발자욱 몇 발자욱을 딛다 동화되어 가는 내면의 가을을

홍홍

여인의 스킨처럼 최대한 밀착하여 흡입한다

내 사랑이 소리 없이 돌아오는 소리

오늘

– 남광현

눈을 감아보니
지면에 스며든 낙엽
바스락거리는 지난가을을 들추고

볼을 부비며 냉기를 맞추던
청량한 함박눈 가득한
지난겨울 곱게 캐어

파종 못한 아쉬운 상념
솔솔 뿌리는
장마바람 귓전 사이로

옹알옹알 풀벌레의 넋두리
이슬 맺힌 풀잎 사이
사늘한 새벽 냉기 모아

익어가는 여름 휘파람을 분다

멋진 사나이

- 남광현

긴 머리 긴 수염
소품 챙긴 유모차
단풍나무 아래 돌계단
한쪽 무릎 올린 우아한 포스

가을을 응시하는 고요한 눈빛
맑은 호수가 그의 눈에 들어선다
다 비운 무념의 퍼포먼스
평화로와 보이는 코 파는 손놀림

돌계단에 발 박자 맞추며
흥얼흥얼
저녁을 맞이하는 노련한 모습

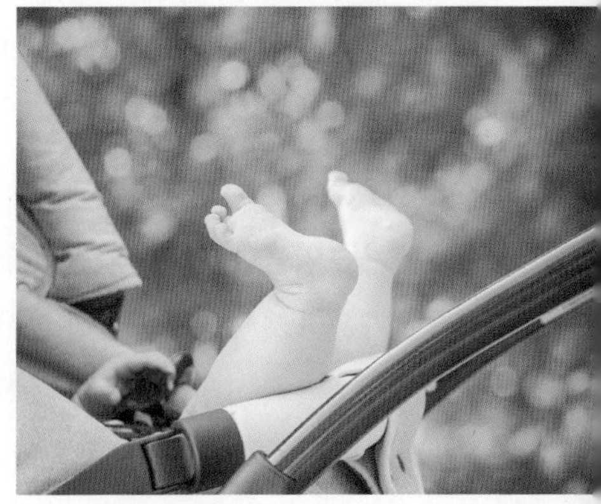

노숙이 노숙이 아니라
노숙이 노숙한
삶의 경지로다

숨은 벽

– 남광현

뉘의 그리움 삭이려
인수봉 백운대 북향 사이

우아한 교태 섞인 가을의 긴 단풍
적 황 연록을 휘감고
한눈에 심금을 울리느냐

전생에 점지된 신령스러운 넋,
아름다운 음기 가득한 이곳에
진즉 터를 잡고 기다릴 것을
추몽의 예언을 보고서야 무지인은
예서 가인을 보도다

가슴 가득한 북한산 암반의 조소彫塑
가을의 채색을 듬뿍 담아 한아름 뿌린들
이 가을이 아무리 아름답고 청명한들

고요히 숨어 있는 그녀의 자태는

가히 사람의 미모가 아니로다

가장 아름다운 날

– 박성우

리시안셔스 한 송이에
행복한 너를 보며 생각했다

그 은은함에 묻을 수 있는 지금
가장 아름다운 날의 너를
기억할 수 있으니 좋다고

그날의 온기

- 박성우

나에게만 지어주는
새하얀 미소가 좋아
뺨을 한번 대어 본다

눈 한 줌을 녹이듯
은은하게 전해지는
너의 온기

비로소 완벽했다

박성우
1991년 광주광역시 출생
광주광역시 거주

새빨간 백합

– 박성우

낯설어진 네가
선불리 내어 뱉은 한마디는
종잇장에 손을 베이듯
섬뜩했다

새빨간 백합 같은
거짓말이길 바랐다

멍

– 박성우

붙잡는 너의 손을
외면한 채
가장 성의 없는
대답으로 돌아섰고

네가 쥐었던 옷자락엔
멍이 생겼다

필라멘트

- 박성우

쿵!
꺼지기 직전 필라멘트처럼
심장이 멎는 줄 알았다

지독한 악몽에도 미련을 품고
애써 이어 붙이려 했지만
끊어져 버렸다

죽는 줄 알았는데
그렇진 않더라
너 없이도

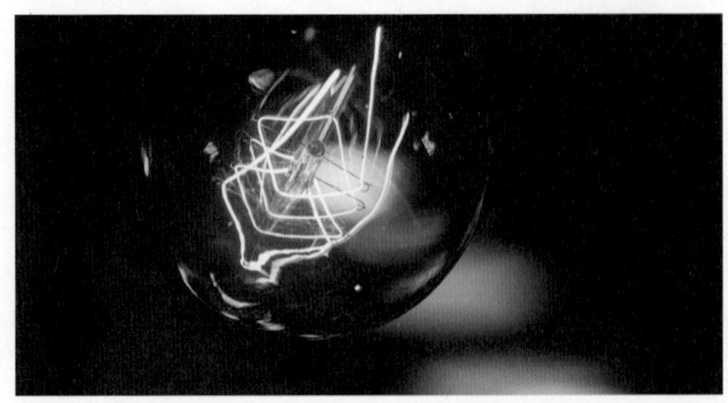

박세연

지혜의 눈

- 박세연

새벽을 가누는 나즈막한 소리에
영혼으로 밝은 기운이 스민다

온몸이 멱을 감는 정화의 순간
스르르 눈 비비며 오랜 잠에서 깨어나듯

연발 터지는 감탄사와 내 온몸에서
뿜어 나오는 경이로운 에너지와

낡은 사진첩에서 만난 따스한 추억들이
내 두 눈가를 예고 없이 두드림질한다

아 이것이구나 이것이로구나
그렇게도 간절했던 지혜의 눈이

박세연
1965년 경북 출생
인천 연수구 거주

발치

– 박세연

내 몸 한 귀퉁이 자리 잡은
아픈 사랑니를 발치했다

휑한 빈자리에
해맑은 바람이 기웃거리며
어설픈 인사를 건넨다

그동안 냄새나는 육중한
물체를 떠받드느라
고생했다 토닥거려 주듯이

치부까지 드러내고 보니
그간의 고충은 온데간데없다

이럴 줄 알았으면 긴 세월
속앓이나 하지 말 것을

바다 마음

– 박세연

그리움 배가 되어 발길이 닿은 바다
사방을 돌아보니 그대 향기 가득하다

강물도 안아주고 계곡물도 안아주는
그대의 넓은 마음 바다라 부르노라

자그만 나의 마음 크나큰 그대 마음
서로가 어우르니 한마음 바다 마음

여인의 고백

– 박세연

아프다 슬프다고 고백한 여인이여
속인 맘 괘씸치만 내 어이 그 맘 할까
세상사 야속하다 삼키는 눈물바다
큰 슬픔 호소하는 가냘픈 여인이여

착각

– 박세연

움켜쥐지 마라
사람이든 재물이든
잠시 곁에 머물러 있음이니
그것이 모두 내 것인 양
집착하지도 마라

실과의 사투

– 박수자

일곱 색깔 무지개를
이쁘다 하랴
빛깔 고운 내 보물들

자!
오늘도 한바탕 놀아 볼까나
내 손길에 신나게 춤추는
재롱둥이들

한 놈이 내 손을 벗어나려
꼭꼭 숨었네

눈동자에 한껏 힘주어 찾아낸
한 놈의 실
가느다란 바늘귀 통과에도
앙탈을 부리네

네 놈 탓은 안할 게야

박수자

사실은 말야
자꾸만 자꾸만 나빠지는
내 눈동자를 탓할 뿐이야

박수자
1967년 부산 출생
대전 거주

흙사랑

– 박수자

봄날 삽작 밖
흙 사랑에 빠진
꼬부랑 할마시야

하늘나라 간 사랑님
봄 햇살 되어
등짝 따땃하게 보듬어 주제요

와 일찍 가가 이 고생시키나
역정 내지 마소
못내 그리운 사랑님 아니오

텃밭 흙 사랑에
정구지 열무 고추
주렁주렁 열리면

자식 향한 끝없는 짝사랑
우야꼬

인생 벗

- 박수자

큰 배낭 메고 오르는
험하고 높은 산길

헉헉대는 숨 가쁨에
앞서거니 손잡아 주고
뒤서거니 등 밀어주며

다리 힘 풀려
주저앉은 내 모습에
막춤 추어주는 인생 벗

산 넘고 물 건너가야 할
백년가약 맺은 약속
지혜에 샘에 들러
단물 한 모금에 쉬어가며

저녁 해 고운 빛에
맞잡은 두 손
수고했어요 옆 지기

둥지를 떠나는 새야

– 박수자

꼬물꼬물 작은 손가락
어디서 힘이 났을까

내 굵은 손가락
꼬오옥 움켜잡던
작은 새야

어느새 작아진 둥지가
답답했구나

어디로 날아오를까

세상 두려울 게 없는
가장 힘찬 날갯짓으로
너만의 둥지로
너만의 세상으로
힘껏 날아올라 봐

큰 나무에 부딪쳐
상처 난 날개여도
난 가슴으로 울 거야

새 둥지로의 날갯짓
세상 가장 간절함으로
응원한다

갈바람

– 박수자

손끝에 와 닿는
산뜻한 바람을
코끝 온 힘을 다해
연신 들이켜 본다

얇은 옷자락을 휘감아 도는
그리 차갑지 아니한 바람을
마음 열어 맞이해 본다

무엇으로부터였나
무겁고 길게만 느껴지던
여름날

맘속에 자라버린
불신의 큰 숲

석양이 머무르는 가을 들녘
불어오는 갈바람으로
비움의 청소를 한다

봉정암에서

- 박희란

밤이 쏟아져 내립니다
어둠이 잠들고 소리조차 사라지는
이 시간 멈추지 않는 바람 속으로
임을 찾아 둘러봅니다

어디쯤 계신건가요

임을 품었던 그리 길지 않은
시간 속에서 언제나 가슴 아리게 했던
자잘한 소망과 끝을 태워내는
간절함으로 사리탑 눈부신
산자락 더듬어 더듬어 찾아옵니다

망설이지 않겠나이다
외면치 마시옵소서
오롯이 혼자 첫 걸음을
임에게 드리나이다

박희란

어여삐 여기소서

임을 향한 흔들림 없는 온 마음을

여기 올리나이다

박희란

1964년 부산 출생

경기 광주 거주

가을앓이

– 박희란

선홍빛 꽃잎과
곧 이별하게 되리라는 걸
심술궂은 바람 때문에
알게 되었을지라도

다른 세상
숱한 인연 속
가슴앓이는 여전한 가을

계절이 오가는 건
색색의 꿈과도 바꾸지 못하고
언제나처럼
시간의 매듭을 짓고 사는 일

붉은 노을이 타들어 가는
하루만치의 생을 살고
절반쯤 마중 나온 내일과
반가운 인사를 나눌 수 있을까

상념

– 박희란

한 세상 사는 일이
이고 지고 버둥거려도
가슴으로 차오르는
눈물만치 수월하지 않아

둥둥 떠내려가는 세월
붙잡고 있어봐야 미련한 짓인데

시간에 녹아들면
그리움쯤이야 지워질 줄 알았지
무심한 달빛처럼 더 깊게 패어
남을 줄 어디 알았나

조용히 하루를 준비하는
초록의 새벽 바다
물러가는 어둠 속으로
설움 같은 물결만 춤을 춘다

인연

– 박희란

인연을 그렇게 쉽게
운명이었다고 투정 부리듯
말하면 안 되는 것이었다

하루와 하루가
시간과 시간의 울타리를 타고
강처럼 세월을 넘어와 세상이
우리를 향하고 있을 때부터

만나길 원하는 밤이 아무리 길고
기도가 깊어 그럴 수 없이 간절했어도
뜻이 닿지 않으면 이어질 수 없었던
우리의 만남은

그래서 하늘의 뜻이라 한다
너와 나 서로의 끝이 달라져
가슴을 태울지라도 이렇게
만나 함께 걸어가는 지금
따뜻한 인연이라 그렇게 믿는다.

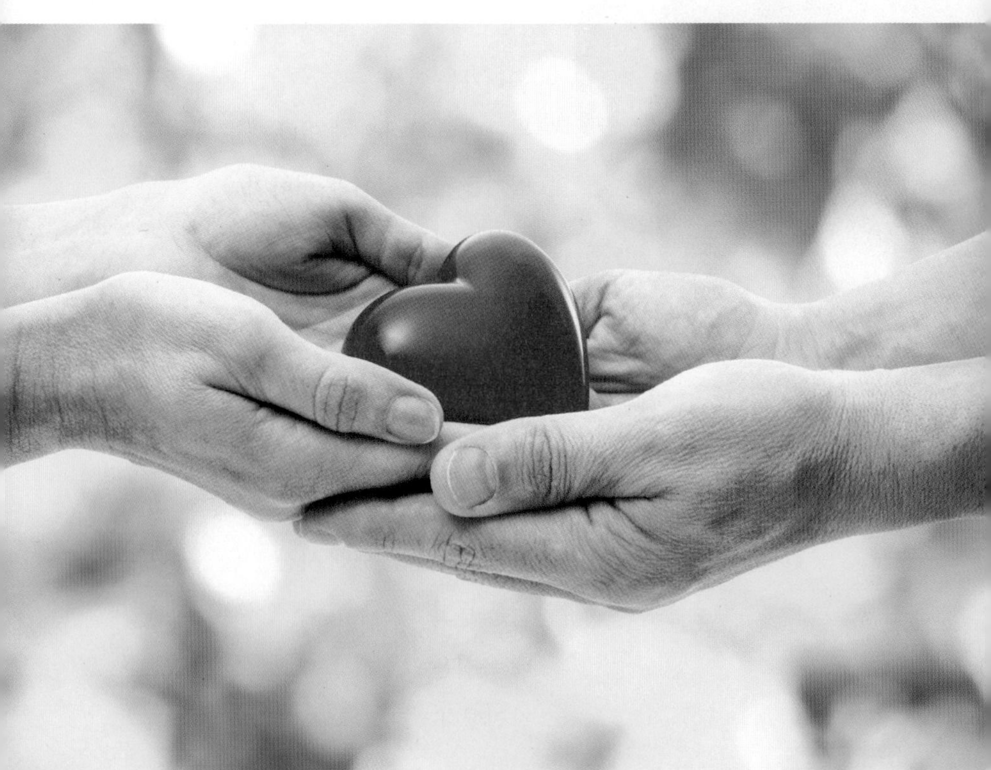

욕심

– 박희란

기대고 싶은 만큼
원하는 가슴도 컸겠지
너를 기다리는 동안
그리운 마음에는 끝이 없었다

흘러가는 인생
눈곱만치 아쉬울 게 없다 해도
일기를 쓰듯 덮어 둔 이야기
하나는 갖고 싶었다

끝이 보일 때쯤
마지막 편지 한 장 전해 줄
한 사람은 품어 살고 싶었다

사랑을 꿈꾸던 오랜 시간
너를 두고
내 욕심은 그렇게
잔인했다

유삼수

등단의 기쁨

- 유삼수

서울로 가는 그 길은 느낌이
다를 때와는 판이하였다
한편으로 걱정도 되고 기쁨도
가득 차 새로운 생명의 꽃이다

탄생의 기쁨과 결혼을 하고
이제 첫 문인의 그 길이
고요하고 외롭고 쓸쓸하다

막 깨어난 햇병아리가 달걀을
탁 뚫고 나오는 다른 세계의
환상 속에 또 다른 꿈을 꾼다

생명의 빛을 보며 너의 가슴을
파헤쳐 송두리째 파문의 벽을
뚫으며 산고의 고통을 앓는다

유삼수
1962년 남원 출생
울산광역시 북구 거주

꿈보다 해몽이 좋다

– 유삼수

누구나 꿈을 꾼다
소박한 꿈이 좋다
이루지 못한 꿈을 꾸며
오늘도 도전한다
꿈이 있기에 기쁘고
꿈이 있기에 도전한다

누구나 주어진 꿈이 있다
꿈을 이루기에 피를 토한다
꿈은 나의 생명의 젖줄이다
오늘도 수없이 많은 실패를 한다

주어진 꿈이 있기에 오늘도 나는 걷다

흑과 백

– 유삼수

누구나 욕심으로 산다
욕심은 끝이 없다
욕심 때문에 삶과 죽음이다

알지도 못한 자
깨어 있는 삶을 살자

흑과 백을 모르는데
무엇을 논하리오

흑과 백을 알면
이 세상 만물이 빛나리라

추억을 먹고 사는 사람들

– 유삼수

좋은 추억은 언제나 머릿속에
남아서 기억이 나고 이야기한다
추억을 먹고 사는 사람들이
있기에 한 시대 가가고 온다

먼 빛바랜 사진 한 장 꺼내면
그 시절이 꿈같이 나타난다

남는 것은 추억이다
추억이 있으므로 언제나 생각나는
그 정든 모습이 또 오른다

오늘도 좋은 추억 한 장 만들어요
추억은 기쁨과 웃음이 넘친다
추억을 먹고 사는 사람이 되자

들꽃처럼 살다 가리라

– 유삼수

들꽃처럼 피었다가 아무도
모르게 살다 가리라 이름 모를
들꽃처럼 활짝 피었다
어느 순간 아무도 모르게 피었다 가리라

짓밟히고 밟혀도 덧없이 온 것처럼
순간에 왔다 사라지는 한 점 바람처럼
물처럼 그렇게 살다 가리라

내 이 생명 다하는 날까지
한 점 부끄럼 없이 그냥 부질없이 처음처럼
그렇게 살다 가리 그냥 그렇게
들꽃처럼 살다 가리라

손톱만큼 사랑해

– 이명순

눈 맞추며 속삭이던
솜사탕처럼 달콤했던 밀어

촉촉해진 두 눈 깊숙이
애틋한 사랑 심어주고

나보다 더 나를 아껴주며
가슴 가득 행복 안겨주고

사랑은 받는 것보다 주는 거라며
무한 사랑 베풀어준

사랑해
당신
내 사랑
손톱만큼 사랑해

그대의 손길

- 이명순

사르르 잠든 나에게
어루만져 주는
손길 스침에
화들짝 놀라 깨어 보니

아~
세신사 아주머니의
부드러운 손놀림
잠결이었구나
그대의 손길이었길 바랐는데…….

이명순
1961년 전남 곡성 출생
경기 수원 거주

저 별은 나의 별

- 이명순

어느 날 갑자기 내 가슴에
심어진 저 별 하나

아무런 생각 없이
감추어 두었더니

나도 모르게
내 마음 차지하고서
반짝 반짝 빛을 발하네

반짝이는 별빛 따라
종종거리는
귀여운 작은 별 하나

그 모습 아름다워
하늘에 심었더니
아름다움에 눈이 부시네

그리움

- 이명순

그대 그리워 멍하니 하늘만
저 바람 타고
구름에 실려 올까
기다리는 그대 소식
바람아 전해다오

그대 보고 싶어 까만 밤하늘만
둘이서 심어둔
작은 별은 반짝이는데
보고파 눈물 짓는
애타는 나의 심정
달님은 알고 있겠지

시들어버린 꽃

– 이명순

터질 듯한 꽃 몽우리
모진 산고 견뎌내고
활짝 피운 꽃
그 향기 따라 벌 나비
천 리 길 춤추며 날아드네
어느 봄보다 너는 아름다웠지

한낮의 태양은
너의 아름다움에
뜨거운 열기를 토해내
꽃잎은 타들어가고
고운 향기 어디에도 없어라
어느 여름보다 너는 아픈 꽃이었지

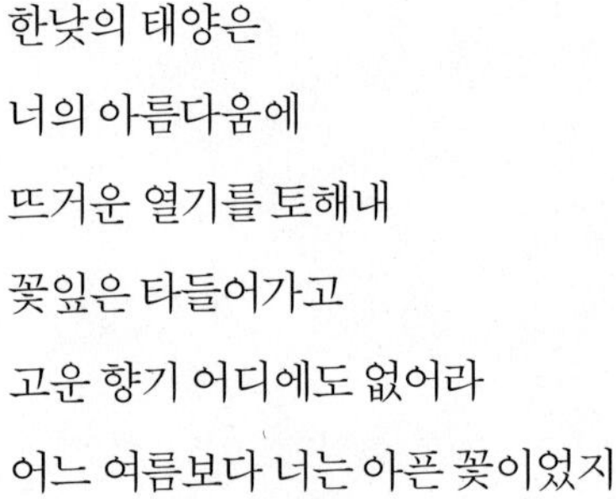

아름답게 맺지 못하고
시들어버린 꽃
너 참 가엾구나

나는 주인이 아닙니다

- 이영경

풀 한 포기
나무 한 그루
돌 하나에
돌이끼도

나는
주인이 아닙니다

이영경
1962년 광주광역시 출생
광주광역시 거주

아버지, 아버지
그토록 부르고 싶었던 이름이여

– 이영경

아버지! 아버지!
밤마다 흘리는 눈물이
당신의 고독인 줄 까마득히 몰랐습니다

깊은 고뇌와 방황이
당신의 피땀인 줄도 몰랐습니다

뼈가 닳도록 오르내리던 그 산언덕
이제는 민둥산 되었는데

철없던 그 시절 어디 가고
야속한 백발만 눈앞에 서 있으니

백발이 된 지금에야
깨닫게 됨을 용서하소서

그토록 부르고 싶었던 이름이여

오늘은 그 이름 불러봅니다

아버지! 아버지!

사람의 격

– 이영경

하늘보다 높은 것이 없고
땅보다 넓은 것이 없거늘

권력을 얻으면
하늘보다 높은 줄 알고

재력을 쌓으면
땅보다 넓은 줄 아나니

하물며 이 둘을 합하면
천하를 얻고도 부족함이여

그 사람의 격은
땅보다 낮음이라

하늘 아래 내 것은 없습니다

– 이영경

누구 하나라도
헐벗고 굶주린 이가 없었으면 좋겠습니다

누구 하나라도
슬퍼하는 이가 없었으면 좋겠습니다

아픔이 꽃이 되고
슬픔이 열매가 되는
그대의 노래가 되어드리고 싶습니다

눈물로 밤새우는 이 없는
그대의 쉼표가 되고 싶습니다

껍데기

– 이영경

마음
없으면

몸은
빈껍데기요

영혼 없는
허공이라

이예령

힐링 커피

– 이예령

모닝커피는
하루를 알려주는 인사

여기저기
보내는
커피 이모티콘으로 나누는 인사는
잘 잤냐는 인사도
반갑다는 인사도
만나자는 인사도
내 맘을 알아달라는 말도
다 묻어 있다.

반가운 사람과
비오는 날
한 잔의 커피는
더욱 내 맘을
받아 낸다.

이예령
1968년 경남 밀양 출생
울산광역시 거주

엄마를 삽니다

– 이예령

젊은 날
해운대 해수욕장에서
친구랑 노는 것이 좋아
보양식 미꾸라지국 끓인다고
밥 먹으러 오란 말을
듣지 않은 것이 평생을
두고 후회하는
일이 되었다.

6남매 막내
"우리 ○○ 치워 놓고 내가 죽어야 하는데"
항상 어렸을 때부터 듣던 말
끝내 엄마도 아버지도 없는 결혼식.

애미 애비 없단 말 들을까 봐
가슴 한쪽에 그리움을 새기고
산 세월
똑똑 떨어지는 그리움의 세월
시린 옆구리
채워도 채워도
허전함은 엄마의 사랑이
그리웠기 때문…….

남편은
다시 태어나면 장녀한테 장가간다는 그 말
왠지 미안함마저 밀려온다.

그래서 엄마가 있으면 참 좋겠습니다.
엄마를 사고 싶습니다.

"엄마를 삽니다."

찔레꽃

– 이예령

이른 봄
겨우내 움츠렸던
기지개를 켜고
살포시
얼굴을 내민다.

살며시 쥐었던
손가락이 하나둘
열린다.

봄바람에 살랑살랑
은은하게 피어오르는
꽃잎은
나를
흠뻑 취하게 만든다.

더하지도

덜하지도 않은

찔레꽃은

보면 볼수록 질리지 않는

달달한 향기가 느껴진다.

너도 그렇다.

찔레꽃 같은

향기 나는

네가

그립다.

가슴 적시는 밤

– 이예령

오래전 묵었던
향수에 젖은
작은 그리움이
고구마 순처럼 마디마디
열렸다.

잠 못 들고
누군가 그리움으로
밀려오는 이 밤은
내 맘까지도
영혼까지도
그리움의 덩어리가
내 맘을 감싼다.

추억은

추억을

또다시 아름다운 추억을

만들 준비를 한다.

깊어가는 밤에

초보운전

– 이예령

용기 내어
핸들을 잡으니,
온몸은 어느새 식은땀으로
범벅.

앞만 보고
가도
바쁜데,
백미러까지 보라네.

내가 가는 속도 규정 속도
좇아오는 차는
규정 속도 무시하라 하네.

늦다고 팽그르르 달려와 쏜살같이 가로막는
옆집 자동차.

깜짝 놀라

여보시오

“나 초보이니 잘 좀 봐 주이소”

봄

– 이정미

봄이 와 꽃이 피니
화단이 활짝 웃고

내 가슴 꽃이 피니
네 마음 행복 오네

발걸음 닿는 곳마다
너 나 웃음 꽃밭이다

내 허물

– 이정미

내 허물이 커
나의 눈에는
네 허물만 보이는구나.

이정미
1962년 전남 함평 출생
서울 강남구 거주

산수유

– 이정미

멀리서 바라보니
작디작은 꽃이어서

무심코 지나쳤지
활짝 핀 너의 모습

자세히 들여다보니
왕관 모양 똑 닮았다.

이 가을에는

– 이정미

아픔이었던
사랑과 관심을 주었던
멀어져 가는 네 걸음마다
아픔의 적일랑 남겨두고

하늘 닿을 듯한 잠자리처럼
날아가서 마음껏 삶을
살아 보라 기도해본다

내게 준 사랑도
베인 듯한 아픔도
남겨진 자의 몫이니까.

각오 한마디

– 이정미

그 누가 뭐라 해도
물러남이 없단다

정상에 오르지
못해도 좋단다

내게는 연습만이
살아갈 희망이고
삶이니까.

인생의 파도

– 이춘옥

인생은 바다를 항해하는 것
파도가 거세게 몰아쳐 앞이
보이지 않아도 금방 사라진다

평온하다 싶으면 또다시
풍랑이 일어난다
순간순간 방심하면 풍랑을
만나게 된다

우리네 삶 속에 얼마나
파도타기를 했던가
한 번씩 웃는 날 항해하기
좋은 날 있기에
열심히 노를 저어 왔나 보다
아직 남은 항해를 위해

이춘옥
1952년 성주 출생
서울 노량진 거주

가는 세월

- 이춘옥

세월아 세월아 왜 이렇게
빨리 가느냐
누가 와서 재촉하는 것도 아니되
세월은 이다지 바삐 달려가느냐

가는 세월 잡으려 해도 세월은
뒤돌아보지 않고 바쁘게 달려간다
가는 세월 따라 우리네 인생도
익어 가는구나
계절 따라
세월은

사랑의 힘

– 이춘옥

우리의 사랑은 아주 작은 사랑
그 사랑에 상처 받지 않고
내 안에서 찬 서리에 곱게 핀
들국화처럼 아기자기 곱게 피었네
내 작은 사랑 꽃이

날마다 무거운 내 작은 공간에
가을 햇살만큼 뜨겁게 피었네
사랑 꽃이

물안개

– 이춘옥

아침 이슬에 핀 물안개
해 뜨기를 기다리다 잠시 보여주고
해가 뜨면 사라지네

아름다운 너의 모습
그리워 달려왔지만
잠시 보여주고 사라진 물안개
물안개 바라보며

나는 어느새 한 마리 새가 되어
물안개 위를 날고 있네
너무나 아름다워서

옷은 이슬에 젖어 칠벅
물안개 핀 강변에서

가을

– 이춘옥

가을바람 불어오는 들녘길
벼들이 황금물결 이루고

저 아름다운 들녘에 나는 마지막
남은 한 마리 나비가 되어
널따란 들판을 마음껏 날고 싶다

햇살 고운 빛에 익어가는 벼
바람도 살랑살랑
불어온다

인생은 물처럼

– 이향숙

인생은
물처럼 사랑하며
살 일이다

딱딱한 돌과
마주치면
부드럽게 감싸주며
미소를 주고

부드러운 물풀을
만나면
살며시 안아주며
기쁨을 주고

이향숙

거친 벼랑을
만나면
아픔도 떨어뜨려
시원한 폭포수가 되어
행복을 주고

물은 유연하여
만나는 모두에게
행복한 사랑을 주니
물과 같은 사랑을
할 일이다

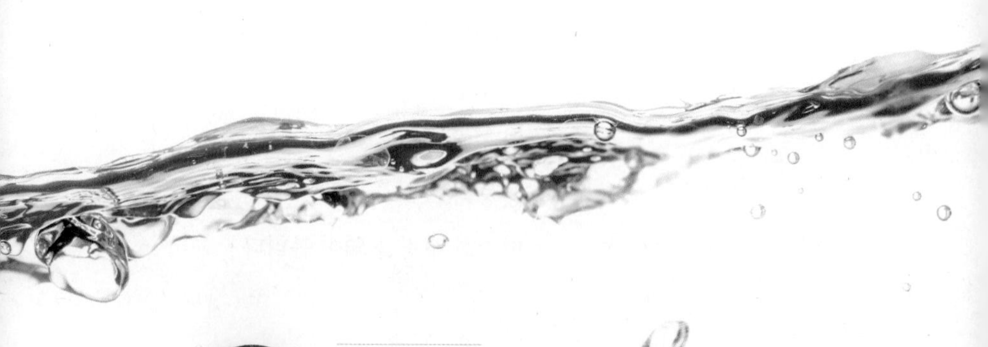

이향숙
1964년 순천 출생
전남 여수 거주

사랑 시

– 이향숙

긴긴 이 밤에
그리움을 묻혀
사랑 시를 노래합니다

연연하던
보고픔도
세상 속 눈물로 이엉을 엮고
아파하던 사랑도
애틋한 볏짚으로 덮어주고

사랑의 지푸라기로
한 묶음
한 묶음
본능적으로
따스한 사랑을 엮어 봅니다

사랑은

– 이향숙

사랑은 아픈 거란다
사랑은 눈물이란다

사랑은 차가워서
가슴 시려 아프고
사랑은 뜨거워서
가슴 타서 아프고

사랑은 아파서
눈물이란다
사랑은 눈물이어서
아픈 거란다

그래도 사랑은
나에게는 행복이란다
기다리면 올 수 있는
아름다운 사랑이란다

그리운 날

– 이향숙

사랑하고픈 날
살며시 맘을 만져요
그대가 들어올까 봐
문을 활짝 열어 두었네요

그대가 보고픈 날
가만히 폰을 만져요
그대가 연락할까 봐
폰을 활짝 열어 두었네요

그대가 그리운 날
조용히 창밖을 봐요
그대가 노크할까 봐
마음을 활짝 열어 두었네요

그대가 오시려나
그대가 연락하려나
그대가 목소릴 들려주려나
고운 그대에게 살며시
사랑해라고 외쳐본답니다
메아리 되어 돌아온 말
“사랑해”
“사랑해”

들꽃

– 이향숙

애달픈 들꽃이여
서러워 말아라
너의 예쁨으로 행복하리니

애처로운 들꽃이여
눈물 흘리지 말아라
너의 아름다움으로 기쁨이리니

애타는 들꽃이여
아파하지 말아라
너의 고운 자태로 사랑하리니

당신을 만나는 날

- 정세장

당신을 만나는 날
내 생에 가장 아름다운
꿈을 꾸겠습니다

가슴이 따뜻한
그대를 만나는 날에는
아름다운 미소로 맞이하려고요

가슴이 따뜻한 당신은
사랑도 따뜻할 거니까요

정세장
1958년 전남 화순 출생
경기 수원 거주

중년의 슬픈 고독

– 정세장

하늘이 무너진다 해도
떠받칠 수 있을 만한
젊음과 용기는
중년이란 이름 앞에
멀어져만 가고

옛 친구가 그리워지고
지나간 사랑들이 그리운 건
중년의 슬픈 고독이랄까

내 청춘아

- 정세장

중년이 아니라고 정말 아니라고
떨어지는 낙엽에게 속삭여본들
누가 알아주랴 내 마음의 청춘을

안 가고 싶다고 정말 가기 싫다고
할아비로 가는 길은 정말 오지 말라고

앞산이 북망임을 알게 될 때는
정든 임 두고서 어찌 가야 하느냐

고향

– 정세장

나 돌아가리라
고향으로 가리라

산과 들이 반겨주고
수정 같은 냇물도
소리 내어 환영하는

나 늙은 애가 되어
부모 품이 있는
고향으로 가리라

살아 육신은
못 갈망정
영혼이라도

당신과 나

– 정세장

왜 멀어져야 하나요

너무 가까이 왔기에
잠시 멀어지면 몰라도
영원히 멀어지는 건
큰 슬픔이라오

가깝지도 않고 멀지도 않은
심장 속 깊은 곳에 묻어두고
그대가 그리울 때면
가끔 꺼내 보면 안 되나요

먼 훗날에도
당신과 나의 심장이
뜨겁게 뛰고 있다면
그대와 나 또 가까워지리라

가을1

– 정은옥

하늘은 정직하고
햇살은 겸손하게 엎드린다
가냘픈 꽃들은 무더기로 안겨 오고
나무들은 저 혼자 붉어져 애가 탄다

아름다운 고백,
가을이다

가을2

- 정은옥

찬 바람에 가을이 궁금하여
가던 길을 돌아서 달려가 봤지
봄날 벚꽃 흐드러지던 그곳엔
시리도록 붉은 잎들이 꽃처럼 피었네

정은옥
1964년 경북 왜관읍 출생
강원 원주 거주

거제도에서

– 정은옥

당신과 멀리 떨어진
이곳 거제도에도 비가 내립니다

막 피기 시작한 자잘한 국화 꽃송이 위로도
끝없이 깊은 바다 위로도
비는 내리고
어둠은 짙어 가는데

당신을 향한 그리움만 더욱 선명해져
깊어가는 시름마저 졸음에 겨운 이 밤

빗소리에 깨어 있는 바다만이 출렁이며
저 혼자 서성이네요

그대에게

– 정은옥

고요한 그의 눈 속을 들여다보면
단단하면서도
보이지 않는 바닷속
흔들리는 섬처럼 그는 말한다
해가 뜨고 달이 지는 그곳으로
흘러가고 싶다고
때로는 표류하는 배처럼
부는 바람에도 떠돌고 싶다고

나는 말한다
바위 끝을 훑어 아프게 생채기가 돋을지라도
노을 지고 잔별들이 내려앉을 때까지
그 자리만 맴도는 물살이고 싶다고

섬이 있었고
그리고 늘 그 곁에 함께 있었다라고…….

목련

– 정은옥

봄비 그치고 햇살이 눈부신 어느 날 오후

길가 아파트 담장 안으로 조르륵 선
키 큰 목련 세 그루가
눈부시게 하얀 얼굴로 꽃단장한 채
2층 창가를 기웃거리고 있다

누구를 기다리는 듯
가는 봄이 아쉬운 듯

고산에 핀 꽃

- 정종필

높은 산
능선에 핀
이름 모를 예쁜 꽃

지나는 사람 없어 쓸쓸하고
찾아오는 임 없어 외롭네

피려거든
많은 사람이 오가는
길목에 필 것이지

풍진 세상 때 묻기 싫어서
여기 있는가

외롭고 쓸쓸해도
세상을 잊은
그 자리에 있으므로

꺾이지 않고 그날까지
예쁜 모습 그대로이어라

정종필
1962년 경북 김천 출생
충남 아산 거주

가는 세월

– 정종필

가지에 매달린 나뭇잎은
봄부터 지금까지
시시각각
아름다움을 자랑했는데

겨울 찬 바람을
이기지 못해 떨어지고

벽에 걸린 달력은
바람도 없는데
한 장 한 장 떨어지더니
마지막 한 장 남았네

그도
며칠이면 떨어지려니

소리 없이 가는 세월은

그림자도 없으니

막을 수도 없고

잡을 수도 없네

세월에

끌려가는 인생인가

따라가는 인생인가?

김장배추

– 정종필

통통한 몸
둘로 나누어져
소금물에 목욕하더니
풀이 죽은 속살이 부끄러워

노란 옷에 고기도 싸보고
빨간 옷 입고
하얀 쌀밥 위에
걸쳐도 보더니

그래도
빨간 옷이 좋은지
빨간 옷 둘둘 말아 입고
항아리 속이 안방인데

저도

신세대인지

항아리 멀리하고

플라스틱 통에 들어가

뚜껑 덮여 잠을 자네

낙엽 쌓인 등산로

– 정종필

가을날의
단풍놀이 끝으로
땅 위에 살며시 내려앉아
낙엽이 되었네

멀리 보이는 산은
너의 빈자리로 하늘이 보이니
산 높이도 변했구나

개구쟁이 아이가
이리저리 뛰어다니듯
바람에 요리조리 뒹구는
낙엽도 있지만

바스락바스락
너를 밟는 발걸음 소리가
조용한 정적을 깨웠나 봐

봄 여름 가을

아름답던 시절 잊은 채

겨울 산이 추울까 봐

겨울 산의 이불이 되었구나!

벌초

– 정종필

앞산에서 웽~
뒷동산에서도 웽~
조상님 산소 풀 베는 소리

아버지 살아생전
조상님께 절하시고
인기척도 없이 조용히 앉아
낫으로 베었는데

아들 손자 이어받아
시대가 변했다고
여기도 웽~ 저기도 웽~

"아이고 이놈들아
할아버지 할머니
시끄러워 정신없다"

그래도

아들 손자 손에

머리 깎고 단장하니 좋으시죠

가을 하늘

– 주종순

고추잠자리 너울너울
한가로이 춤을 추고

빨간 고추밭엔 알알이
가을이 익어가는 소리

너른 벌판엔 황금빛 물결이
바람에 일렁이고

파란 하늘가엔 뭉게구름
둥실둥실 어디로 가는 걸까

그 대가는 걸음에 내 맘도
함께 데려가 주려무나

주종순

가을 편지

- 주종순

가슴 시린 하늘
떨어지는 낙엽 한 잎 두 잎
먼 하늘 바라보며
그리운 상념의
사색에 젖어간다
고운 단풍잎 주워
그대에게 가을 편지를
띄워야겠어요

주종순
1962년 경남 합천 출생
서울 강서구 거주

저녁 밥상

- 주종순

오늘은 뭘 해 먹지
주부들의 일상고민

대파 송송 애호박 동글동글
홍고추로 매콤하게

보글보글 된장찌개
한 상 가득 맛난 밥상

주고받는 대화 속에
화기애애 저녁 만찬

우리 가족 행복 식사
웃음꽃 활짝 피우네

인생은 흐르는 강물처럼

- 주종순

만남과 헤어짐이 이어지듯
인생은 흐르는 강물과 같습니다

좋은 인연 나쁜 인연 따로 없고
쉼 없이 흐르는 강물처럼

가고 또 오는 인연의 물줄기

강물 흐르듯 차고 넘쳐나듯이
아집과 집착을 놓아버리고

주어진 삶에 유유히
물 흐르듯이 살아가렵니다

별 내리는 밤

- 주종순

해도 잠든 저물녘에
우연히
하늘을 보니

반짝이는 별
내게로 쏟아져 내린다
내 가슴 가득히

그대 기다리는 밤
별빛만 반짝이누나
내 사랑 그대는
오시지를 않고
별만 가득 내리는 밤

최승미

가을바람

- 최승미

어스름한 저녁 스산하게
부는 바람이 익숙합니다
지난해 불던 그 바람입니다
무던히도 버거웠던 그 바람이
다시 내 곁에서 그리움 부릅니다

아스라이 멀어져 간 계절에
다른 곳을 보면서 걸었을 길 위로
누렇게 가을 옷을 입은 나무에
떨어지는 가을 잎이 애처롭습니다

이제 해지는 가을 들녘으로
노을빛이 붉어질 때 가을바람
저녁 숲으로 그리움 실어 보냅니다
가슴 뛰는 이 가을이 아름답습니다

최승미
1963년 강원 양구 출생
인천 계양구 거주

은빛 억새

– 최승미

넓은 들판 위로 세상을 깨우며
은빛 물결이 출렁거린다.
흐린 가을 하늘에 고개를 들고
머리 풀어헤친 억새
넓은 들 억새 바다 먼 곳까지
세상을 느꼈을까?

서걱거리는 억새 길을 걷는다.
나를 내려놓고 가슴 깊은 곳까지
긴 숨을 내뿜으며 너를 느낀다.
은빛 가을의 억새 숲으로 바람을
맞으며 가을의 고독 속으로 스며든다.

세월에 흔들리고 바람에 흔들리며
은빛을 잃어가겠지. 너를 보내며
바람이 지나는 자리에 서 있다.
억새 숲에 가을 향이 가득하다

오월의 장미

- 최승미

오월에 화려한 장미의
아름다운 유혹

부드러운 바람과 함께
고혹한 모습으로 나를
바라보며 유혹하는 듯

아름다운 모습 꺾여질까
가시로 자신을 지키고

붉어진 꽃잎 화려한 자태
뽐내며 누구를 기다리나

눈부시게 아름다운 장미
숨 막히게 화려한 너의 모습에
내 심장이 멎을 듯 두근거린다

늦은 밤 집으로 가는 길

- 최승미

피지도 않은 벚꽃 길이다
어둠 속에서 올려다본 밤하늘

유난히 빛나는 별 하나가
나를 따라오며 반짝인다

별들의 속삭임을 들으며
아무도 없는 길을 걷는다

밤하늘에 빛나던 별이
건물 사이로 감추어진다

화사하게 미소 짓는 하얀
목련꽃 봉오리가 솜 송이처럼
허공에 떠 있다

골목을 돌아서 갈 때도
별은 떠나지 않았다

집으로 들어갈 때까지
별은 나를 지켜주었다

비와 그리움

- 최승미

뜨거운 태양 아래
한 여름은 타들어 가고
들끓는 아스팔트 위로

세차게 내리는 빗줄기
일상에 지친 마음마저
시원하게 적셔준다

빗소리는 창문을 두드리고
빗방울은 가볍게 부서진다
스치는 바람이 속삭인다

지난 세월의 젖은 흔적은
빗줄기와 함께 흘려버리고
설렘과 기다림 있는 마음에
사랑별 하나 심어 놓으라고

홍기오

홍매화

- 홍기오

청초하고 싱그러운
고운 자태 품고서
살며시 고개를 내미는
홍매화 꽃이여

너에 붉은 입술
새초롬한 웃음
누군가 훔치기라도 할까 봐
도도하고 차가운 얼굴로

열릴 듯
꼭꼭 숨겨둔 너에 입술
붉은 립스틱의 너에게 입술에
살짝 입맞춤하고 싶다

홍기오
1964년 경남 하동 출생
하동 양보 거주

단청

– 홍기오

천년 사찰의
고즈넉한 경치 속에
우아하고 아름다운
곡선미를 뽐내며
눈부시게 화려함을
주는 너의 모습

청, 적, 황, 백, 흑.
오색의 반복된 문양은
오랜 세월이 지났음에도
힘찬 고풍의 미가
새겨져 있고

거친 소나무의 숨결을
살며시 어루만져 주는
섬세하고 단아한 모습에
고귀함마저 느껴지게 하는데

우린 아는가
아름다움 속에 감춰진
단청에 장엄함과
경건함이 주는 참된 의미를

어느 봄날의 바람

- 홍기오

봄날에 나부끼는 매화꽃이
꽃을 피우려 움트는 가지마다
꿀벌들이 날아와
자꾸 무언가를 찾는다

오랜 고목도
봄이 되면 꽃을 피우고
벌 나비 날아와 향기를 맡는데

어느새
중년의 나에게서는
어떤 고운 향기가 날까

활짝 핀 매화꽃처럼
우아하고 고결한
모습은 아닐지라도
중후한 품격으로 늙어가는
그런 내가 되고 싶은 바람

번뇌

- 홍기오

욕심이 사라지면
빈 가슴으로 찾아오라 하셨던가
내가 가져갈 짐들을
어디다 쏟으려고
기어이 떠나온 그 산

몇 번의 강산이 바뀌고
비껴가지 못한 세월을 품고
회한에 잠겨
한 걸음씩 오른다

가지지 못한다고 다 놓을 수가 있던가
덜어낸다고 다 비워질 수가 있던가
남기고 간 그리움의 흔적들
약속하다 한들
어차피 내 것이 아니었던 거지

내 마음속

어리석은 욕심과 집착

얼마나 더 비우고 내려놓아야

이 세속의 번뇌에서

벗어날 수 있을까?

산수유

– 홍기오

노란빛의 산수유
곱디고운 꽃
봉곳 탐스러운
꽃망울 활짝 터트리며
수줍은 내게 다가왔지

강렬한 모습은 아니지만
눈부시게 빛나지는 않지만
살짝살짝 웃는 옅은 너의 미소는
순수하고 아름다워라

봄이 오는 길목에
반가운 친구를 만나듯
내게 따뜻하게 웃어주는
널 만나고 싶어
난 봄 마중 나간다

긍정의 힘

- 권선복

우리 마음에 긍정의 힘을 심는다면
힘겹고 고된 길 가더라도 두렵지 않습니다.

그 어떤 아픔과 절망이 밀려오더라도
긍정의 힘이 버팀목 되어 줄 것입니다.

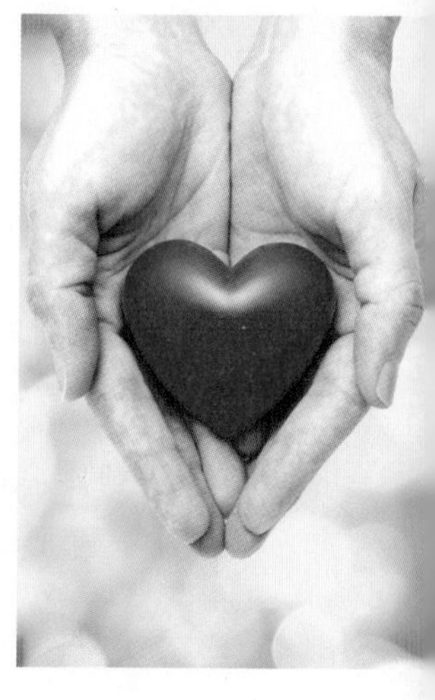

지금 당신에게 드리겠습니다.
열린 마음으로 받아들일 수 있는 긍정의 힘.
두 팔 활짝 벌려 받아주세요.

당신의 마음에 심어진 긍정의 힘이
행복에너지로 무럭무럭 자라날 것입니다.

권선복
도서출판 행복에너지 대표이사 happybook.or.kr
지에스데이타(주) 대표이사 gsdata.co.kr
저서 『하루 5분 나를 바꾸는 긍정훈련 – 행복에너지』

행복을 부르는 주문

– 권선복

이 땅에 내가 태어난 것도
당신을 만나게 된 것도
참으로 귀한 인연입니다

우리의 삶 모든 것은
마법보다 신기합니다
주문을 외워보세요

나는 행복하다고
정말로 행복하다고
스스로에게 마법을 걸어보세요

정말로 행복해질 것입니다
아름다운 우리 인생에
행복에너지 전파하는 삶 만들어나가요

인생은 마라톤

– 권선복

오르막이 있으면 내리막이 있습니다
한 걸음 한 걸음 쉼 없이 달려왔습니다
중도에 포기하고 싶은 순간도 있었지만
자신에게 긍정의 마법을 걸며 달렸습니다

그 순간 가슴 속에 차는 맑은 공기가,
아름답게 펼쳐지는 세상 풍경들이,
더없이 짜릿한 행복으로 다가왔습니다

된다 된다 모두 잘될 것이다 상상하면
아무리 힘든 순간에도 행복할 수 있습니다
그렇게 긍정과 행복의 에너지를
세상 사람들에게 전파하며 살아가겠습니다

행복한 마을

- 권선복

할아버지가 끄는 무거운 손수레를
뒤에서 함께 미는 아이들에게
웃음소리 들립니다

느티나무 그늘 아래 할머니로부터
옛날 이야기 듣는 아이들에게
웃음소리 들립니다

환하고 아름다운
아이들의 웃음소리
맑은 물처럼 샘솟습니다

어른을 따르고 공경하는 아이들
사랑스런 아이들을 향한 어른들의 미소
웃음소리가 가득한 행복한 마을

아름다운 사람

- 권선복

아름다운 사람이 되고 싶습니다

내가 건넨 말 한마디에
모두가 빙그레 미소 지을 수 있는
그런 힘을 가진
아름다운 사람이 되고 싶습니다

내가 보인 작은 베풂에
모두가 행복해할 수 있는
그런 선한 영향력을 가진
아름다운 사람이 되고 싶습니다

하지만 말보다 행동보다
이 내 깨끗한 마음 거짓 하나 없이
모두에게 진정으로 내보일 수 있는
그런 아이같은 순수함을 지닌
아름다운 사람이 되고 싶습니다

– 출간후기 –

시와 함께하는 일상을 통해 행복과 긍정의 에너지가 팡팡팡 샘솟으시기를 기원드립니다!

– **권선복**
도서출판 행복에너지 대표이사
영상고등학교 운영위원장

누구나 한 번쯤은 시를 써 본 기억을 가지고 있을 것입니다. 간결한 문장을 통해 자신의 생각을 함축적으로 드러내는, 굉장히 매력적이면서도 때로는 어렵게 다가오는 장르 중 하나가 바로 '시'가 아닐까 합니다. 그래서 수없이 펜을 들었다 놓기를 반복하며 한 글자, 한 글자 적어 내려갔던 기억이 새록새록 납니다.

정유년에 1집과 2집을 거쳐 무술년 정초에 세 번째 '시가 있는 아침' 시집을 출판하게 된 것을 기쁨으로 맞이합니다. 이채의 뜨락 '시가 있는 아침' 밴드를 통해 모인 사람들이 또 그 '시'로 자신의 마음과 감정을 나누고, 과거의 아픈 기억을 치유하기도 하며, 행복한 날들을 추억하기도 합니다. 화려하지 않더라도, 능숙하지 않더라도 내 감정을 글로 승화시켜 누군가에게 내보일 수 있는 용기를 가진 우리는 이미 모두 행복한 '시인'입니다. 3집을 함께한 시인들의 시에도 모두 고유의 향기가 배어 있어, 읽는 사람들을 흠뻑 취하게 합니다.

바람이 매서운 겨울에 우리는 서 있습니다. 추운 날씨가 마음마저 꽁꽁 얼려버릴 듯합니다. 그러나 이 책에는 우리의 마음을 녹이고 달래줄 아름답고 따뜻한 시편들이 가득합니다. 마음속에 진솔하게 와닿는 시를 통해 2018년 무술년 새해 행복과 긍정의 에너지가 팡팡팡 샘솟으시기를 기원드립니다.

행복한 삶을 만드는 사랑과 긍정에너지

허남국 지음 | 값 15,000원

이 책은 거대한 고통과 역경 속에서도 삶의 의미와 행복을 찾아낸 한 사람의 아내에 대한 사랑과 그리움이 담긴 이야기임과 동시에 한 가족이 어려움을 극복하고 슬픔을 이겨내며 새로운 미래를 꿈꾸게 되는 이야기이기도 하다. 13여 년 동안 중병의 아내를 간병인 한 명 없이 돌보며 희생과 봉사의 삶을 사는 저자의 모습은 작은 역경에도 쉽게 많은 것을 포기하려고 하는 사람들에게 여러 가지를 생각할 수 있게 하는 기회를 제공할 것이다.

프롤로그

이은철 지음 | 값 15,000원

이 책 『프롤로그』는 우리가 인생의 행복과 성공을 동시에 잡기 위해서는 올바른 삶의 '프롤로그'가 필요하다는 점을 강조하며 성공적인 삶의 프롤로그를 작성하기 위해 중요한 것들과 필요한 것들을 우리에게 이야기해준다. 자기 자신을 사랑하는 삶, 타인과 서로 도우며 공존하는 삶의 중요성을 우리에게 보여주는 다양한 비유를 통해 우리 내면에 숨겨져 있는 '참 나', 즉 진정한 나 자신에 대한 사랑을 이끌어내게 될 것이다.

도둑맞은 헌금

이병선 지음 | 값 15,000원

책 『도둑맞은 헌금』은 살맛나는 공동체를 운영하며 서울역 노숙인들을 위해 헌신하고 봉사하는 이병선 저자가 우리 사회와 한국교회를 좀먹는 헌금의 실태에 대해 고발하고 종교인들의 각성을 요구하는 목회자의 회고록이다. 이 책은 헌금의 베일을 벗기는 것으로 시작하여 교회에 다니지 않는 사람이 보기에도 걱정될 정도로 대담하고 아찔하게 부정한 헌금을 폭로하고 당당히 맞선다.

예측 시장을 주목하라

도널드 N.톰슨 지음 / 김창한 · 이승우 · 조영주 역 | 값 26,000원

책 『예측 시장을 주목하라』는 미국의 도널드 N. 톰슨 교수가 저술한 『Oracles』를 번역한 도서로 이미 현재 시장에서 태동 중이며 가까운 미래에 매우 활발하게 가동될 수 있는 예측 시장에 대해 각종 사례를 들어 독자들에게 설명하고 있다. 여기서 설명하고 있는 예측 시장의 사례들은 기존에 볼 수 없던 매우 독특한 형태의 거래방식들로 마치 재미를 위한 게임을 연상케 한다.

고지식한 정치는 실패해야 하나

이재환 지음 | 값 25,000원

『고지식한 정치는 실패해야 하나』는 4 · 19혁명의 주역에서 시작하여 국회 사무총장, 한국원자력문화재단 이사장 등을 두루 거치며 정도정치(正道政治)를 고집해 온 이재환(李在奐) 의원의 회고록이다. 정치의 목적을 일신상의 출세에 두지 않고 정부의 시책이나 정책을 냉철하게 비판하면서도 대안을 제시해 온 한 정치인의 소신 있는 메시지와 평생을 추구해 온 정도정치의 철학을 통해 대한민국 정치의 나아갈 바를 깨달을 수 있게 될 것이다.

내 안의 그대 때문에 난 매일 길을 잃는다

장영길 지음 | 값 23,000원

책 『내 안의 그대 때문에 난 매일 길을 잃는다』는 사진작가이자 시인인 저자 장영길이 렌즈에 담아낸 세상을 시와 함께 엮은 책이다. 책을 펼치면 한눈에 시선을 빼앗기는 사진과 함께 곁들인 시 130여 편과 팝 음악 소개가 매력적으로 어우러지며 그의 세계로 순식간에 끌어들인다. 시화를 감상하며 그의 감성을 공유하다 보면 어느새 사물을 보는 눈이 달라지고 가슴이 따뜻해짐을 느낄 수 있을 것이다.

남식(Der maennliche Baum)

Nam-Sig Gross 지음 | 값 15,000원

이 책 『남식』에서 가장 흥미로운 부분은 한국과 독일, 두 문화의 사이에서 자아를 키워온 저자의 모국 한국에 대한 깊은 문화적, 역사적 사유들이다. 책 곳곳에서 드러나는 대한민국에 대한 애정 속에서도 특히 두드러지는 것은 불행한 전쟁을 통해 두 개로 분단된 조국에 대한 안타까움이며 또한 전통적 한국 여성들의 삶, 한국의 교육에 대한 비평, 한국 전통문화에 대한 강한 관심 등은 '한국인이자 독일인'이기에 보여줄 수 있는 신선함과 흥미로움을 독자에게 선사한다.

아름다운 사람, 당신이 희망입니다

장만기 지음 | 값 28,000원

40년이 넘게 대한민국의 목요일 아침을 여는 사람이 있다. 바로 저자인 장만기 회장이다. 저자는 1975년 이래 하루도 빠짐없이 인간개발연구 조찬회를 운영하고 있다. 그는 책 『아름다운 사람, 당신이 희망입니다』를 통해 인간개발연구원의 역사와 대한민국을 이끈 리더들을 소개한다. 모든 것은 사람으로 이루어지기에 "좋은 사람이 좋은 세상을 만든다"라고 하는 그의 말은 대한민국 발전의 찬란한 등대가 되어줄 것이다.

행복하면서 성공하라

안정기 지음 | 값 15,000원

30년이 넘도록 공직자의 자리에서 수많은 성공을 보아온 저자는 책 『행복하면서 성공하라』를 통해 성공은 홀로 존재할 수 없고 행복이 함께해야만 한다는 것을 말한다. 성공하는 사람들의 특징과 습관을 분석하고, 행복해지기 위한 여러 방법을 설명하는 그의 말에서 성공과 행복의 관계에 대해 오랫동안 고뇌한 흔적을 엿볼 수 있다. 그의 말은 우리의 인생에 자연스럽게 성공과 행복을 같이 안겨줄 길잡이가 되어줄 것이다.

주저앉지 마세요

김재원 지음 | 값 15,000원

책 『주저앉지 마세요』는 우리 사회에서 가장 주저앉기 쉬운 대상 세 가지에 대해 주저앉지 않는 방법을 이야기하고 있다. '직장인', '건강', 그리고 '여성'이 그 세 가지 주제다. 우리가 잘 알고 있는 연예인의 일화들도 저자가 말하고자 하는 핵심에 잘 녹여낸다는 점에서 흥미롭다. 대한민국 페미니스트의 원조라고 할 수 있는 저자의 남다른 시선을 통해 기존의 딱딱한 자기계발서에서 탈피하여 독자들에게 재미를 주고자 하였다.

퀄리티 육아법

정지은 지음 | 값 15,000원

육아에 가장 필요한 것은 뜻밖에도 바로 나 자신을 돌아보는 용기다. 책 『퀄리티 육아법』은 저자가 두 아이의 엄마로서 쌓은 경험과 뉴질랜드 유치원 교사로 재직하며 공부한 지식을 바탕으로 육아에 대해 바라보는 시각을 재정립하였다. 온전히 아이를 위해 하는 육아보다, 육아를 하는 나 자신을 응원하고, 스스로에게 용기를 주는 메시지로 어쩌면 모든 것이 서툴고 어색한 초보 부모에게 육아에 대한 스트레스를 덜어내 주는 책이다.

트레이닝을 토닥토닥

김성운 지음 | 값 20,000원

책 『트레이닝을 토닥토닥』은 대한민국 최초 '피트니스 큐레이터'인 저자가 효율적인 트레이닝과 좋은 트레이너, 인정받는 트레이너에 대한 개념을 모아 엮은 '트레이너 기초서'이다. 나를 더 돋보이게 하는 시대에 운동은 사실상 필수 요소가 되었고 효율적이고 체계적인 방법으로 트레이닝을 돕는 트레이너는 각광받게 되었다. 책을 통해 누구에게나 인정받는 트레이너란 어떻게 완성되는지에 대해 저자의 생생한 경험담과 세부적인 지식들을 통해 살펴볼 수 있다.

작은 천국 나의 아이들

정명수 지음 | 값 25,000원

이 책 『작은 천국 나의 아이들』은 30여 년간 아이 사랑의 한길만을 걸어온 지성유치원 정명수 원장의 행보를 통해 초등학교 취학 이전의 어린 아동들을 가르치는 교육자가 어떠한 소명 의식을 가지고 맡겨진 길을 걸어야 하는지 우리에게 이야기해 준다. 결코 쉽지 않은 아동 교육의 현장에서 굳건한 신앙이 가져다준 소명의식과 아이들에 대한 사랑의 마음을 통해 희생과 봉사, 책임감을 갖고 살아가는 한 교육자의 인생을 읽을 수 있다.

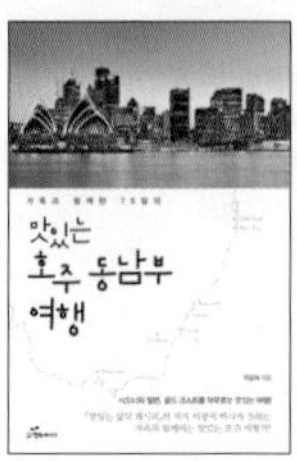

맛있는 호주 동남부 여행

이경서 지음 | 값 15,000원

책 『맛있는 호주 동남부 여행』은 『맛있는 삶의 레시피』의 저자 이경서가 전하는 새로운 맛있는 여행 이야기이다. 작은아들 내외가 살고 있는 시드니, 그리고 시드니를 거점으로 하여 대중교통을 이용하는 그의 여행은 일반적인 여행사의 여행으로는 경험할 수 없는 색다른 즐거움을 선사한다. 그저 구경만 하는 여행이 아니라, 마치 신대륙을 모험하듯 여행하는 그의 여행기는 도전적인 여행을 꿈꾸는 모든 이들에게 훌륭한 안내서가 될 것이다.

학교를 가꾸는 사람들

김기찬 지음 | 값 15,000원

책 『학교를 가꾸는 사람들』은 30여 년의 교사 생활, 그리고 12년간 서령고등학교의 교장을 역임한 저자의 교육 기록이다. 저자는 교사로부터 시작해 학생을 위한, 학생에 의한 학교를 만들고, 학생과 교사뿐만이 아닌 학부모와 졸업생, 지역 인사에 이르는 폭넓은 교육 협업으로 진정한 교육의 장을 일구어낸다. 그가 기록한 충남 서산에 위치한 전국 명문고, 서령고등학교의 역사는 대한민국 교육의 새로운 빛이 될 것이다.

오색 마음 소통

이성동 지음 | 값 15,000원

책 『오색 마음 소통』은 바로 그에 대한 해답을 알려준다. '소통은 말과 글로만 하는 것이 아니다. 마음으로 하는 것이다!'라는 책의 부제에서 알 수 있듯이, 우리가 그간 소통에 실패한 이유가 바로 '마음'이 아닌 말과 글로 소통을 하려 했기 때문이라고 말한다. 말과 글은 소통을 하는 수단으로써만 쓰여야 할 뿐, 주(主)가 되어야 하는 것은 바로 '마음'이라는 것이다. 이 책은 소통의 어려움에 부닥친 사람들을 위해 친절히 소통의 과정을 안내하고 있다.